JN211093

メアリ
大富豪のご令嬢にして、ロウタのご主人様。清楚で優しく、愛情たっぷりにロウタを甘やかしてくれる。
ヘカーテ
ミステリアスな森の魔女。医療にも通じており、皆からの信頼は厚い。

ロウタ
犬に転生して労働から
解放されたはずが、
どう考えても狼にしか
見えない姿に成長する。
必死で犬らしく振る舞い、
正体をごまかすが——
ゼノビア
お屋敷に滞在する食客剣士。
ロウタの正体を疑っている。

～大浴場でお嬢様と大はしゃぎ～
「ロウタはやーーい！」
全力でメアリお嬢様を楽しませる。
それだけがこの駄犬に課せられた使命よ！

『く……っ』
～薬草を求めて竜の棲処《すみか》～

GROOOUUUUUU……
生物としての格が、
違いすぎる……！

目次

ワンワン物語
～金持ちの犬にしてとは言ったが、フェンリルにしろとは言ってねえ！～

犬魔人

角川スニーカー文庫

20620

口絵・本文イラスト／こちも
口絵・本文デザイン／木村デザイン・ラボ

プロローグ

「あ、これ死ぬわ」


意識が遠のく直前、俺は無感動にそうつぶやいていた。

原因は分かっている。過労だ。

もうずっとまともに寝ていない。家にも帰れていない。今日はいったい何徹目だっけ。

働き詰めで疲れきった体は、糸の切れた人形のように力が抜け、前のめりに倒れていく。

疲弊した精神からは受け身を取ろうという気力も湧かない。

ただただ重力と慣性に従って、硬そうな床へとダイブしていく。

初キスの相手が会社のフローリングとは、なんとも悲しい結末だ。

「(ああ……、死ぬ前にたらふく飯を食ってから、ゆっくり寝たかった……。今度生まれ変わるなら、金持ちの犬にでもなってぐうたら生きたいなぁ……)」

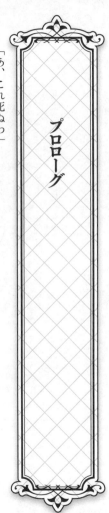

なんて、そんな馬鹿な願いを、遠ざかる意識の中で妄想する。

周囲の同僚たちは、死んだ目で各々の業務に取り掛かっている。俺が倒れようとしていることに気づいてもいない。

気づいたとしても、そのまま仕事を続けていそうだ。

異常が異常として認識されない。それがブラック企業。

社員はみんな洗脳済みだ。一社員の俺が死んだところで会社は少しも変わらないだろう。

俺が死んだという教訓を、社長の熱い根性論でもみ消してしまうに違いない。

悪いなみんな。俺だけお先にリタイアだ。

亡霊のような同僚たちに、心の中で別れを告げる。

自分の人生がこれで終わるというのに、まるで未練を感じない。

やっと楽になれるという解放感だけがあった。

床が無慈悲に迫ってきて、ガツンという衝撃が顔面に走る。

「(ペットライフっていうのも、本当に悪くないかもな……)」

そして俺は、永遠に意識を失った。

『その願い、叶《かな》えましょう!!』

01 念願のペットになれた！と思ったら猛獣だった！

「くぅん……（あったけぇ……）」

俺は体を包《つつ》む柔らかい感触にまどろんでいた。

毛布にくるまれて布団に寝かされているのか、身動きが取りにくい。

眠気はまだ覚めやらず、頭がボーっとしている。

「くぅくぅ……（なんだっけ、ええと、フローリングにキスして、死んで、それから……）」

死の間際《まぎわ》に、女の声を聞いた気がする。

何かをその女と話して、それに承諾したような気もしたが、いかんせん記憶があやふやだ。

ひとつずつ思い出していこう。まずは自分のことからだ。

「くーぅ、くぅくぅ……（俺は大神朗太《おおかみろうた》。二九歳、会社員。趣味なし。友人なし。恋人なし。家族なし。結婚歴なし。ナイナイ尽くしのナイスガイだ）」

自分で言ってて、悲しくなってきた。

思えば、なんにも良いことのない人生だった。

平々凡々と生きて、ブラック企業につかまって、社畜になって過労で死んだ。

そうだ。俺は死んだはずだ。なのに、なぜかこうして生きている。

どういうことだ？　ここはいったい――

「あ、起きた。お父様、この子が起きました！」

「くぅ……？（んん……？）」

声につられて見上げると、まんまるな青い瞳と目があった。

そう思った直後、大きな手が俺の体を抱き上げる。

「くぅ⁉（きょ、巨人……⁉）」

「くぅくぅ！（おい、ちょ、やめて！）」

というか、さっきから耳元で『くぅくぅ』とうるせえ！

誰だよ！　こっちはパニックからのピンチで余裕ないんだよ！　のんきに可愛《かわい》い声出してるんじゃないよ！

「きゃんきゃん！」

俺が喋《しゃべ》るのに合わせて、甲高い鳴き声が重なった。

「……くぅ……!?（……ま、まさか……!? この鳴き声、俺の声なのか……!?）」

この声、まるで子犬じゃないか。

犬？ 犬だと？

……そうだ。だんだん思い出してきたぞ。

死の直前、自分が何を願ったのか。

そしてその後に聞こえた、願いを叶えようという女の声。

「くぅん……！（まさか、俺は、本当に生まれ変わったのか……!?）」

疑問はすぐに確信へと変わった。

戸棚の窓ガラスには青い瞳の少女が映っている。その少女の胸に抱かれた俺は、まごうことなき子犬の姿をしていた。

犬も犬、真っ白な毛に覆われた可愛らしい子犬だ。

もふもふとした体に、小さな足。丸っこい毛玉みたいな姿をしている。

間違いない。俺は犬に生まれ変わったのだ。

「可愛い！ すごく可愛いわ！ ねえお父様、やっぱり私、この子がいいです！」

「ふむ、まあいいだろう。生き物を飼うのは大切なことだ。それにメアリが何かをねだる

など珍しいことだからな」

少女のすぐ背後に立っていた男がうなずく。

長身でダンディなイケオジだ。妬ましい。

「店主、この犬をいただこう」

おそらく少女の父親なんだろう。店主と思《おぼ》しきエプロンをつけた男を呼びつける。

「はい、お客様、ただちに。……ん？　こんな犬、うちにいたかな？」

丸メガネをくいくいとやりながら、店主が俺を覗《のぞ》き込んでくる。

「ああ、血統書が云々《うんぬん》はどうでもいい。あの娘《こ》が良いと言ったから、この犬が欲しいのだ」

見事な口ひげをなでながら、父親がさえぎった。

「は、はい。では、すぐにご用意させていただきます。お嬢様、カゴをご用意いたしますので」

「大丈夫、この子は抱いて帰りますから！」

少女は俺を高く抱き上げて、くるりと回った。つややかな金髪と落ち着いた色合いのスカートがふわりと舞う。

おいおい、俺の意思は無視かい、お嬢さん。

「そうだ、あなたのお名前を考えないと！」

格好は清楚《せいそ》なお嬢様って感じだけど、笑顔はキラキラと輝くようだ。

あと、ものすごく可愛い。海外タレントなんて目じゃないレベルだ。

ぎゅーっと抱きすくめられると、少女の柔らかさと暖かさに包まれる。

顔を埋《うず》めると、花のようないい匂いがした。

「きゃん！（よし決定。きみん家《ち》がいい）」

思う存分モフるがいい。その代わり、俺を養ってくれ。

美味《おい》しいご飯よろしくね！　いっぱい甘やかしてね！

前世であれだけ苦労したんだ。今後はいっさい働かず、のんべんだらりと、無駄飯を食らって生きていこう。

俺が願った夢のペットライフは、今この瞬間に始まったのだ！

†　†　†

「ゴァウッゴァウッ！（肉うめぇ！　肉うめぇ！）」

俺は骨の付いた肉をがっつきまくる。

血が滴るほどレアに焼かれたステーキだ。

犬にこんな良いものを食わせていいのか。金持ち流石《さすが》すぎる。

しかし、飯が美味《うま》いせいか、いくら食っても満腹にならない。

もっとだ、もっと肉をくれ！　ギブミーミート！

「もうっ、落ち着いて食べてください、ロウタったら」

俺を拾ってくれたお嬢様が呆《あき》れたように笑う。

背中を優しくなでる彼女の手がとても心地良い。

ペットとしての俺の名前は、前世と同じくロウタになった。

すごい偶然だが、なんでもかつて世界を救った勇者から取った名前だそうだ。

お嬢様は読書が好きで、その中でもお気に入りの英雄譚《たん》からの抜粋である。

やるな、異世界のロウタ。俺は世界を救ったことはないし、これからも救うことはないが。

俺に与えられた使命は、そんな英雄的な所業ではなく、この愛されペットライフを死ぬまで満喫することだ。

「ガウガウ（いやはや、それにしても肉がうめえ）」

お嬢様に拾われたあの日から、またたく間に時が過ぎていた。

いや、過ぎたといってもまだ一ヶ月ほどの話なのだが。

子犬の体にミルクが必要だったのは、最初の一週間だけ。

離乳食など必要とせず、俺は毎日二キロの肉を食べる大食漢の犬になっていた。

「しかし、よく食う犬ですなぁ」

俺のために肉を焼いたり煮込んだりしてくれる、コックのおっさんが呆れている。

今日のメニューは仔牛肉《こうし》のソテーだ。

お嬢様たちの昼食となった王冠焼牛《クラウンロースト》の余った食材を使っているらしいが、そんなことは関係ない。

相手が犬だからといって、ぽいと生肉を与えて終わりじゃないところに好感が持てる。

複雑な味付けなどは流石にしていないが、犬の体になってからは全然気にならない。

むしろ肉汁の美味さがたまらん。調味料など無粋と言いたくなるほどだ。

この見事な焼き加減。いい仕事してるぜ、おっさん。

「いいんです、そこが可愛いんです。いっぱい食べて大きくなるんですよ、ロウタ」

「ゴァウッ！」

俺は答えるように吠《ほ》えて、すりすりとお嬢様に頰《ほお》ずりする。

無遠慮に舐《な》めまわして、彼女を唾液まみれになんてしないぜ。クールに賢いんだぜ。賢い駄犬を目指してるんだぜ。

「ふふっ」

お嬢様は空のように青い瞳を細めて、俺の頭をなでてくれた。

彼女の名は、メアリーア・フォン・ファルクス。

この宮殿のようなお屋敷に住まう、高貴なる血筋のご令嬢だ。貴族にして大商家であるガンドルフ・フォン・ファルクスの一人娘にして俺のご主人様。

今年の誕生日で十四歳になる、俺の快適ペットライフを守る守護女神様だ。

大切な我がご主人様。生涯仕えると誓いますぜ。特に働いたりはしませんが。

「ん、どうしました？　お腹《なか》が痒《かゆ》いんですか？　掻《か》いてあげましょう」

腹を見せると、お嬢様がその細い指先で、優しく掻いてくれる。

至福のひとときだ。

「ハッハッハッハッ（ああっ、そこっ、もっと掻いて！）」

「なんかスケベそうなツラしてんなぁ……」

悶《もだ》える俺を見て、コックのおっさんが呆れたように片眉を吊《つ》り上《あ》げている。

「そんなことありませんよ。とっても可愛いです。ここかな、ここが気持ちいいのかな？」

「ハッハッハッハッ（ああっ、もう、最高です！）」

我、天啓を得たり。金持ちの犬ほど幸せな生きものは、この世に存在しない。

まさに常世の楽園である。ずっとこの生活を送りたい。いや送る。なんとしても送り続けるぞ！

†　†　†

それはお屋敷の涼しい大広間で昼寝をしていたときのことだった。

「ご当主、あの犬はおかしい」

屋敷の大階段に、凛《りん》とした声が響いた。

見上げれば、大階段の中央を二人の人間が登っているところだった。

メアリお嬢様の父親であるガンドルフさんに、帯剣した女が追いかけるように具申している。

平時でも鎧《よろい》を着込んでいて、いつでも戦闘準備万端といった様子だ。

燃えるように赤い髪を後ろで束ね、きりりと引き締まった表情をしている。

彼女はこの屋敷に居候している剣士だ。

確か名前はゼノビア。ゼノビア・レオンハートとかいうメチャクチャ強そうな名前だったはず。

「グルル……（なに言い争ってるんだろ……？）」

俺は階段下の広間でくつろぎながら、ぼんやりとその様子を見上げた。

「ふむ、ロウタがおかしい、とは？　私にはただの犬にしか見えないが」

「どこがですか⁉　この犬が来て一ヶ月！　まだ一ヶ月ですよ⁉　この大きさ、おかしいでしょう⁉　犬がこんなに早く大きくなるわけがない！　山狼《やまおおかみ》の子供かもしれません。今のうちに処分すべきです！」

ガントレットのはまった手で、びしっと俺を指差してくる。

「何を言うのかね、ゼノビア君。この犬は娘のお気に入りだよ。そんなことをしたら、あの子がどんなに心を痛めるか」

まったくだよ。処分だなんて、なんてこと言うんだ。

お嬢様が俺にどれだけ依存してるか知らないのか。

朝起きた瞬間から、風呂も寝るときも一緒なんだぞ。

今は家庭教師が付いてのお勉強の時間だから、こうして暇をしているが、それ以外の時間はひっついて離れないくらいなんだぞ。

「心の傷の前に体が傷ついたらどうするのですか！　ほら、見てください。気づかれないようにこちらの様子をうかがっている。油断したら襲い掛かってくるつもりに違いありません！　私におまかせください！　一撃で仕留めてみせます！」

おいおい、なんか物騒なこと言い出したぞ、この女剣士。

「私には、この家の人々を守る義務があるのです！」

「ふぅむ。食客《しょっかく》として招いている君には、そこまでの義務はないと思うのだが。いやはや、そこまで当家のことを思ってくれているとは、素直にありがたく思うよ」

結構結構と、ご当主たるガンドルフパパは朗らかに笑った。

「では……！」

「だが、駄目だ。見たまえ、あの呑気《のんき》な姿を。あれが人を襲うような猛獣に見えるかね？」

「くぁぁ……（ねむねむー）」

俺は見せつけるように大きくあくびをして、後ろ足で耳を掻いた。

ふふん、どう見ても無害な子犬だろう、ゼノビアちゃん。

猛獣だなんてとんでもない。ちょっと育ち盛りなだけの子犬ですよ。

どや、モフってもええんやで？

「くっ、……失礼します！」

どうあっても意見が通らないと悟ったのか、食客剣士ゼノビアちゃんはぐぬぬとうめいてから立ち去っていく。

「キッ……！」

「ガウッ（ひえっ……）」

俺とすれ違う時の、殺気の宿った瞳が恐ろしい。

なんでこんな子犬一匹に必死になってるんだ。

ほんま怖いわぁ……。

「やれやれ、彼女はとても優秀なのだが、生真面目《きまじめ》すぎるのが玉《たま》に瑕《きず》だな。なあ、ロウタよ」

うんうん、俺もそう思うよパパさん。

猛獣どころか、番犬にすらならないよ。

このロウタ、無駄飯食らいとして、一生世話になる所存。

あっ、そこそこ、もっと首の下なでてー。

† † †

「ん～♪　んんん～♪」

メアリお嬢様が鼻歌を歌いながら、出かける服を選んでいる。

下着しか身に着けていないあられもない姿だが、俺は犬なので気にしない。

いや、精神は普通に人間なので、この光景は眼福ではあるのだが。

目の保養にはしても、手出しはしない。イエスロリータノータッチの精神だ。

なお、お嬢様から触ってくる分にはノーカウントとする。

「お嬢様、こちらのお召し物などいかがでしょう」

そばに控えていたメイドのお姉さんが、うやうやしく衣服を差し出す。

「素敵な藍色ですね。でも少し動きにくいかしら？」

「湖畔へ涼みに行くのに、動きやすさが関係あるのですか？」

「ええ、動きやすくないと、ロウタと遊べないじゃないですか。ねえ、ロウタ。この服どう思います？」

「ゴァウッ！（お嬢様は世界一かわいいよ！　何を着ても世界一かわいいよ！　でも暑いし走り回りたくないから、動きにくいその服でいいんじゃないかな！　木陰でおやつ食べながらダラダラしようぜ！）」

「そうですか。ロウタがそう言うのなら、この服にしましょう」

「あら、お嬢様はロウタの言うことがお分かりになるのですね」

「もちろんです。だってロウタのことですもの！」

「あらあら」

うふふとメイドのお姉さんが微笑《ほほえ》む。

なごやかな様子に、俺もつられて尻尾を振った。

ふりふり。

「がう（あっ、しまった）」

尻尾が洗濯かごに引っかかって、お嬢様が脱いだ服を外にこぼしてしまった。

人間から犬へ変わった上に、体も急に大きくなったから、いまいち加減が分からないのだ。

散乱してしまった服を探すと、大きな姿見鏡のところまで飛んでいるものもあった。

「あらあら、ロウタったら」

「ガウガウ（おっと、失礼。しかし心配はご無用だメイドさん）」

俺は素早く洗濯物を拾いに行く。

当家の犬は、洗濯物を集めるくらいわけないいんだぜ。

もちろん咥《くわ》えたりなんてしないぜ。よだれでベタベタになっちゃうからな。

尻尾を使って、すくい上げるように洗濯物をかごへ放り込んでいく。

「わあ、ロウタはお利口さんですね！」

「ゴァウ（せやろ？　たまには俺も働くんだぜ）」

俺は得意になって、どんどん洗濯かごへシュートする。

「ガウ……（ん……？）」

ふと気づいた。

お嬢様が着替えるために使う、大きな鏡に映る妙な違和感。

鏡には俺の姿が映っている。のだが、何かがおかしい気がする。

そういえば、買われたとき以来、自分の姿をまじまじと見るのは初めてだ。

いっちょこのイケメンわんこの姿を確認してやろうじゃないか。

着替えを始めたお嬢様たちが見ていない間に、鏡の前におすわりしてみる。

正面から見たり、横を向いたり、いろいろな角度で自分の顔を確認する。

「ゴ、ゴア……！（こ、これは……!?　なんというイケメン！）」

俺は自らの美しさに惚《ほ》れ惚《ぼ》れとする。

白い体毛は毎日風呂に入っているおかげで、ツヤツヤのフサフサだ。

耳は大きくピンととがり、どんな遠くの音でも聞き逃さない。

目は切れ長で、エメラルドのような瞳が無機質に輝いている。

口は大きく裂け、並ぶ牙はどんな敵が相手だろうが一撃で仕留められるほど鋭い。体は並の犬など相手にならないほどたくましく、しなやかな四肢はその巨体を風のように運ぶだろう。

「……ガウ？（……あれ？）」

異常に鋭い目つき。大きな牙。たくましい四肢。

犬にしては大きすぎるし、顔つきに野性味がありすぎる。

「ガウゥ……（おい、これ、本当に犬か……？）」

いや、冷静に考えて、こんな凶悪な顔した犬いないだろ。

近所にこんな犬を飼ってる家があったら、即通報するわ。

なんで君たち平気なの⁉

あらあらうふふじゃないよ！

どう見てもこれ、犬じゃなくて狼じゃん！

改めて鏡に映った自分を見つめる。

ぐっと鼻筋にシワを寄せると、一気に凄《すご》みが増した。

「ゴァウ……！（え、こわっ。顔こわっ。なにこれ、めっちゃ怖い……！　こんなんに遭遇したら間違いなくおしっこちびるわ……！　いや、全放出もありうる……！）」
あの女剣士ゼノビアが言ってた意味が分かった。
こんな猛獣を家で飼ってたら、そりゃ警戒もするわ。
よく考えたら、犬はゴァウゴァウなんて、凶悪な声で鳴かねえ。
なんだよゴァウって、ペットじゃなくて猛獣じゃん！
生まれて一ヶ月でこの大きさだ。一年経《た》ったらどんな姿になっているかも分からない。
これ以上恐ろしい姿になったら、さすがにパパさんも放ってはおかないだろう。
「ゴア……（ま、まずい……）」
害獣は殺処分。どんな世界でもそれが一般常識だ。
ゼノビアちゃんが剣を振りかぶる恐ろしい姿が、脳裏をかすめる。
哀れロウタは唐竹割りに真っ二つ。
「ゴア……ゴァウ……（ど、どうする……どうする、俺……）」
し、死にとうない。
わいはこれからも駄犬生活を送るんや。
ぬくぬく食っちゃ寝するだけの日々をずっと過ごすんや！
俺は悩んだ。

犬として、いや狼として生まれ変わって、初めて真剣に悩んだ。

人間のときですら、こんなに悩んだことはないかもしれない。

「ゴァ……（よし……！）」

落ち着いてよく考え、俺は答えを導き出した。

「どうしたんですか、ロウタ。そんなに難しい顔をして。お腹《なか》が痛いんですか？」

メアリお嬢様が心配して、俺の顔を覗《のぞ》き込んでくる。

長い金髪を耳にかける仕草がとっても可愛いぞ。

お嬢様、俺は決めました。この生活を守るためならばどんな手でも使うと。

俺は！　俺は！

俺は、お嬢様を見上げ――

「……くぅーん、わんわん！」

全力で犬のフリをすることにした。

02 猛獣だ！と思ったら、それどころでは済まなかった！

湖面に映った白狼《はくろう》の姿。

俺は憂鬱な気分でそれを見下ろしていた。

「ゴァウ……（間違いない。どう見ても犬じゃなくて狼《おおかみ》だ。バレてないことが奇跡だろうこれ……。女剣士以外、全員フシアナアイやで……）」

深刻なため息をつく。

ここからさらに成長すれば、流石《さすが》にみんなもおかしいと思うだろう。

見れば見るほど凶悪な顔してるよこれ。

「ロウタ！」

お嬢様の呼び声と同時に、ぱしゃりと湖面に水がはねて、狼の姿が波紋でゆがんだ。

「水が冷たくて気持ちいいですよ。一緒に水浴びしましょう」

スカートの裾をめくり上げたメアリお嬢様が、駆け寄ってくる。

お嬢様はこう見えて意外とお転婆《てんば》だ。

浅瀬で水と戯れるその姿は水の妖精のごとし。

めっちゃ可愛い。

「ゴァ……く、くぅーん（は、はーい）」

あぶないあぶない。

普通に答えようとすると、野太い吠《ほ》え声《ごえ》が出てしまう。

俺は犬。

俺は犬。

無害で無能なわんころだ。

よし、自己暗示完了。

「ほらほら、水が怖いんですか？　お風呂は大好きなのに」

俺の前足をつかんだお嬢様が懸命に引っ張るが、俺の巨体はびくともしない。

「わ、わんわん（い、いま行きますぜ、お嬢様）」

声を高めに意識しながら、犬の鳴き声を真似《まね》する。

これが結構難しいのだ。要練習である。

「ほーら、怖くない怖くなーい」

「くーんくーん」

俺は頑張って犬っぽい鳴き声を出しながら、お嬢様とひとしきり水浴びを楽しんだ。

†　　†　　†

ぶるんぶるるん。

俺は全身を思いっきり振って、水気を飛ばす。

「きゃっ」

お嬢様が飛び散った水を受けて、楽しそうに笑った。

水気をしっかり払ったら、俺の長い白毛は元のふさふさに戻った。

「ふふっ、ほら見てくださいロウタ。虹ができてる」

霧になった水しぶきが、燦々《さんさん》と太陽の光を浴びて、虹のアーチを描いている。

綺麗《きれい》な光景が浮かんでいたのも束の間《つかま》、初夏の気温はすぐさま霧を乾かし、虹は消えてしまった。

「ロウタっ、ロウタっ」

お嬢様が期待を込めた目で俺を見てくる。

「くーん？（えー、もう一回見たいのー？　しょうがないなぁ）」

ふたたび岸から湖へ飛び込もうとしたところで、馬車に控えていたメイドが声をかけてきた。

「お嬢様、そろそろ戻りませんと。午後のお稽古ごともございますから」

おや、昼休みはもう終わりか。

屋敷との往復の時間を考えたらしょうがないのかな。

「うう、残念です。行きましょうロウタ。先生をお待たせするわけにもいきませんし」

「わんわん！（お嬢様は朝から晩までお勉強で大変だなぁ。俺がお嬢様の分まで食っちゃ寝しますからね！　任せといてください！）」

お嬢様を慰めながら、一緒に馬車へ乗り込む。

ゆったりと四人が座れる大きな馬車だが、座席の片側半分は俺の席だ。

今まで意識してこなかったが、相当でかいな俺。

しかもまだ成長する気配がある。

せめて少しでも小さく見えるよう、俺は座席にうずくまった。

「では、出発します」

馭者《ぎょしゃ》を買って出たのは、当家の食客《しょっかく》剣士ゼノビアちゃんだ。

「コッコッ」

ゼノビアちゃんが手綱を軽く振るい、舌鼓《ぜっこ》を鳴らすと、二頭の馬が足に力を入れ、馬車の車輪がゆっくりと動き出す。

加速は静かに、だんだんとスピードが上がってくると、風が入り込んでくるほどの速度になった。

いい機会だから俺が生まれ変わったこの世界のことを説明しておこう。

まずは近世ヨーロッパをイメージしてくれ。

石造りの町並み。麦の実る黄金の畑。深い森に響く、樵《きこり》の斧《おの》の音。

実に牧歌的で美しい。

ただし、そこに剣と魔法という、現代常識ではちょっと考えられない世界観が紛《まぎ》れ込んでいる。

世界には当然のように魔物と呼ばれる怪物が跋扈《ばっこ》し、冒険者と呼ばれる非正規労働者たちと日夜戦いを繰り広げている。

駆者台《ぎょしゃ》に座るこの女剣士もその一人だ。

今はファルクス家の食客として養われているが、ゼノビアちゃんもかつてはそういった冒険者の一人だったらしい。

魔物相手の戦いはお手の物だそうだ。が、ここではその剣の腕も必要ない。

戦う相手がいないからだ。

ここいらは聖なる湖の影響で、魔物が寄ってこない珍しい場所なのだそうだ。

つまり、戦わない剣士であるゼノビアちゃんは、ファルクス家で俺の次に働いていない。

せいぜいがこうやって、パパさんやお嬢様のお出かけに同道するくらいのものだ。

見事なまでの穀潰《ごくつぶ》し。俺と同じだな！　ＨＡＨＡＨＡ！

……いま気づいたわ。こいつ、俺のライバルじゃねえか！

穀潰しを二匹も養う余裕は、当家にはありませんよ！　あるけどありませんよ！

俺の身の安全のためにも、なんとかゼノビアちゃんを蹴落とす方法を考えねば……。

まぁ、それはおいおいやるとして、話を戻そう。

馬車から見える大きな湖は、太陽の光を反射してキラキラきらめいている。

なんでも、この湖の底には巨大な水晶が沈んでいて、それが聖なる力を発して魔物を寄り付かせないらしい。

そんな神聖な場所で水浴びして何か言われやしないのかと心配になるが、屋敷から見えてる範囲は全部パパさんの土地らしいので、誰も怒る人などいない。

ほとんどが森に覆われているとはいえ、魔物が出ない土地とか超一等地だと思うんだが、そんな土地を広範囲に所有しているとか、当家の財力は計り知れない。

やったぜ、飼い犬の俺、勝ち組待ったなし。この女剣士さえなんとかすればな……！

この平和な土地において、唯一の暴力装置であるゼノビアちゃんが一番警戒してるのは、魔物じゃなくて俺の存在だ。

わざわざ馭者まで買って出て、俺が何かしでかさないかと監視している。

いやでもぶっちゃけ、その気持ち分かるわ。

俺だって警戒するわ。

こんなでっかい狼、いつお嬢様を襲うか分からないしな。

帰る時に馬車に乗せないぐらいはするんじゃないかと思ってたよ。

そんなことされたって、帰巣本能ですぐ帰ってやるけどな！

俺を捨てても無駄だぞ！

絶対に死ぬまで寄生してやる！　絶対にだ！

過労で死んだ人間の、不労への執着を舐《な》めるなよ！

俺は鼻息荒く、さらなるペット生活への決意を固めるのだった。

†　†　†

森の中の整地された街道を、二頭立ての馬車が走る。

湖はそれほど屋敷から離れているわけではない。

三〇分も揺られていれば屋敷が見えてくる程度の距離だ。

「ハッハッハッハッ（ふひー、馬車の中はさすがに熱気がこもるなぁ）」

俺は舌をだらんと垂らしながら、馬車の窓から顔を出す。

初夏とはいえ、風はまだ冷たい。

俺は鼻を掲げて、風に乗った森の香りを思う存分楽しんだ。

「わふ……？（んん？）」

深緑の香りに混じって、ふと妙な匂いを感じた。

ほんのかすかだが、嗅いだことのない悪臭だ。

匂いのもとを探って、さらにクンクンする。

うーむ、なんだか不穏な匂いだ。嫌な感じがする。

どこだ？　この匂いはどこからしてくる？

クンクンクン。あ、クンクンクン。

「……貴様、なにをしている」

と、そこで馭者台に座るゼノビアちゃんに声をかけられた。

目線を上げると、そこには凄《すさ》まじい形相をした女剣士ががが。

「ひゃん!?（ひええっ!?）」

馭者台から殺意に満ちた目がこっちを睨《にら》んでいる。

ゼノビアちゃんの理不尽な殺気が俺を襲う……！　めっちゃ怖い……！

俺は慌てて車窓から頭を引っ込めた。

馭者台から、ふんっと鼻を鳴らす音が聞こえてきた。

なんだよ！　俺が一体何をしたっていうんだよ！　これからだって何もせずに、上げ膳据え膳のペットライフを送りたいだけだよ！

「どうしたんです、ロウタ？　虫さんでもいましたか？」

「くぅーん！（違うんですよお嬢様！　女剣士が俺をいじめるんですよう！　叱ってやって！）」

「えっ、耳の後ろが痒《かゆ》いんですか？　ここですか？」

「くーんくーん！（違いますよお嬢様！　我が家の穀潰しは俺だけでいいんです！　追い出して！　あんな怖い女はすぐに追い出して！）」

「お腹《なか》かな？　脇の下はどうです？」

「くーんくーん！（あっ、こんな時だけ意思の疎通が取れてねえ！　あ、違うの！　そこ！　らめえ！　気持ちいいいいいい。


お嬢様は俺の気持ちいいポイントを熟知している。こうなってはもう逆らえない。

屋敷までの三〇分間、たっぷりとモフモフされてしまうのだった。

†　†　†

屋敷に到着し、一同が馬車から降りる。

「それじゃあ、お勉強してきますから、待っててくださいね！　終わったら晩ご飯を食べて、それからお風呂に入りましょう！」

「わんわん！（了解、お嬢様！　昼寝しながら待ってますぜ！）」

おっ、いまの『わんわん』は、なかなか犬っぽい感じに吠《ほ》えられたんじゃないか？

尻尾を振りながら、元気よくお嬢様に返事をする。

お嬢様は名残《なごり》惜しそうに手を振りながら、メイドさんと一緒に屋敷へ戻っていった。

「……おい」

後ろからドスの利いた声がかかる。

背中に感じる強烈な殺気。もちろんゼノビアちゃんだ。

やべえ、振り向きたくねえ。

「馬車を戻してきたら、貴様に用がある。ここでおとなしく待っていろ」

目を爛々《らんらん》と光らせながら、女剣士が馬を操って去っていく。

よ、用ってなんや。

超こええ。

何されるの⁉

俺、何されちゃうの⁉

†　　†　　†

「がっふがっふ！（骨せんべいうめえ！　骨を揚げただけなのに、くっそうめえ！）」

数分後、俺はコックのおっさんにもらったオヤツをかっ食らっていた。

天日で乾燥させた仔牛《こうし》の肋骨《ろっこつ》を、じっくり弱火の油で揚げるという、おっさん渾身《こんしん》のまかないだ。

食材を無駄にしない精神すばらしい。

嚙《か》み砕《くだ》いた骨から旨味《うまみ》たっぷりの髄液が染み出してきて、サクサクとした食感と合わさって、これはもはや味のジュエルケースやでー！

「おいおい、落ち着いて食えよ。しかし、本当によく食うなあ、お前さんは」

おっさんは呆《あき》れつつも、がっつく俺の様子に嬉《うれ》しそうだ。

「わんわん！（おっさん、めっちゃ美味《うま》かったよ！　ありがとな！）」

「……おめえ、急に犬みたいな鳴き方するようになったなぁ。……って元々お前は犬か」

がっはっは、と笑って、おっさんは俺の頭をわっしわっしとなでてくる。

そういうなで方も嫌いやないで。もっとなでて。

そして、そのまま犬だと思いこんでてくれい。

「くわぁぁふっ（さて、腹もいい感じに溜《た》まったし、このままおっさんのところで昼寝と洒落込《しやれこ》もうかな）」

俺はおっさんの邪魔にならないよう床の隅に丸まって、ふさふさの尻尾に顔を埋《うず》めて枕にする。

「ぐぅ……（おやすみなさーい……）」

夕飯の下ごしらえをするおっさんの包丁の音が、いい感じに眠気を誘ってくる。

俺はそのまま、とろとろと夢の中へと落ちていくのだった。

「――き、貴様ああああああ!!　ここにいたかああああああああ!!」

どんがらがっしゃーんと凄まじい音が聞こえたと思ったら、女剣士がキッチンへ飛び込んできた。

「なぜ待っていないいいいいいいい!?　用があると言っただろうがあああああああ!!」

「お、おう!?　ゼノビアさんじゃないかい。いったいどうした、そんなに勢い込んで？」

びっくりしたおっさんが、調理場の火を止めて振り返る。

その様子を見て我に返ったのか、ゼノビアちゃんは慌てて佇《たたず》まいを直した。

「あ、し、失礼した。ジェイムズ殿」

「ゼノビアさんもおやつかい？　あいにくこんなもんしかないが……」

おっさんが別の皿に避けてあった骨揚げに、岩塩をパラパラと振ってゼノビアちゃんに差し出した。

「い、いや、そうではなく。……かたじけない。ひとついただこう」

受け取ったスティック状の肋骨を、小さく肩をすぼませながらぽりぽりと食べるゼノビアちゃん。

意外とその所作は行儀がいい。そうしてると可愛《かわい》いところもあるじゃないか。

しっかり口の中のものを飲み込んで、女剣士は頭を下げる。

「馳走《ちそう》になった。感謝する」

そして、下げた頭を上げた時、その視線は俺へと集中していた。

「……来い」

おおまたで歩いてきたと思ったら、首をむんずと掴《つか》まれる。

「きゅーんきゅーん（あ、いや、やめて！　私に乱暴する気でしょう！　同人誌みたいに！　同人誌みたいに！　……くっ、ころせ！）」

くっころ、俺が言っちゃったよ。

むしろそのポジションはゼノビアちゃんのものだろうに。鎖に繋《つな》いで言わせたい、くっころ。

そんな俺の抵抗も虚《むな》しく、そのまま引きずられるようにして、裏口から外へと連れ出されるのだった。

†　†　†

裏庭の目立たないところで、俺とゼノビアちゃんは対峙《たいじ》していた。

「ここにはお嬢様もいない。貴様が犬ではないことも分かっている。正体を現せ。私の目はごまかされんぞ」

「くぅーん」

「一ヶ月でこんなに大きくなる犬などいるものか。それにその顔つき。どう見ても狼《おおかみ》じゃないか。ご当主を始め、なぜこの屋敷の人間は誰もおかしいと思わないのだ」

「くぅ？」

「……悪く思うな。野生の本性に目覚める前に、貴様はここで仕留めておかねばならない。お嬢様が襲われてからでは遅いのだ」

「くーんくーん」

「む、無駄だ！　そんな哀れな声を出しても、私の決意は変わらない！」

叫ぶように言って、ゼノビアちゃんは剣を抜いた。

ちっ、情に訴えかける作戦は失敗か。

この可愛さアピールに負けないとは。やるなゼノビアちゃん。

いや、そんなこと言ってる場合じゃねえ。

本気や。この目は本気の目や。

この姉ちゃん、本気で刃傷《にんじょう》沙汰を起こす気やで！

「いずれ害をなす前に！　このゼノビア・レオンハートが貴様を斬る！」

長剣を大上段に構えて、ゼノビアちゃんが宣言した。
「わふっ⁉（え、うそ⁉）」
マジで⁉　もうちょっとなんかあってもいいんじゃないの⁉
もっと葛藤してよ！　そんな即座に覚悟完了しないでよ！
ちょ、待って！　やめて！　死ぬ！　マジで死ぬ！
避《よ》けようと思う暇もない。
凄《すさ》まじい速度で、剣が振り下ろされる。
刃《やいば》は俺の脳天を正確に捉え、その強烈な一撃によって、一瞬にして真っ二つになった。
剣が。
甲高い金属の悲鳴を上げて、折れた剣が回転しながら飛んでいく。
「……わぅ？（……え？）」
「ば、ば、馬鹿な……」
俺以上にゼノビアちゃんがうろたえている。
俺は何が起こったか分からず、自分の体を見回してみる。
驚いたことに、体には血の一滴も付いていなかった。
すげえ！　無傷だ！　生きてる！　神様ありがとう！

いや、そもそも狼に転生させられなければこんなことになってないから、別にありがたくない！

「う、嘘《うそ》だ……私の剣が……。名工《めいこう》ローエンの鍛造一品物が……」

ぶつぶつとうめきながら、ゼノビアちゃんが膝を折った。

ぺたりと座り込んだまま、折れた剣を呆然《ぼうぜん》と見つめている。

……はは-ん。分かったぞ。

さてはあれだな。ゼノビアちゃん、偽物をつかまされたな。

かわいそうに。

とんでもないナマクラを、名剣と称して高値で売りつけられたに違いない。

「そんな……嘘だ……大枚を叩《はた》いて手に入れたのに……」

やはりか。予想通りすぎて憐《あわ》れになる。

ゼノビアちゃんのあまりの落ち込みように、俺はいたたまれなくなって声をかけた。

「くぅーん（あの……）」

「キッ……！」

ひえっ。睨《にら》まれた。

あっ、よく見たら目元に涙がにじんでいる。

半泣きだ。

勝手に剣を折って、半泣きになっとるぞ、この女剣士。

「き、貴様！　ただの狼じゃないな！」

「わんわん（いえ、ただの犬です）」

「うるさい！　犬のふりなどしても無駄だ！　……もうこうしてはおれん！　覚悟しておけ!!」

そう捨てぜりふを吐いて、ゼノビアちゃんは走り去ってしまった。

なんという理不尽。

斬りかかられた上に、勝手に泣かれて罵倒された。

どう考えてもご褒美です。ありがとうございます。

よければその泣き顔、ペロペロしましょうか？

†　†　†

「えっ、ゼノビアさん、今日はいないんですか？」

驚くお嬢様に、メイドさんが恭《うやうや》しくうなずく。

「はい、それが都まで新しい剣を買い付けに行くと仰られて。しばらく屋敷には戻られないそうです」

「そんなぁ、今日もロウタと湖で遊ぼうと思っていたのに……」

午前の勉強を終えて、さあ遊びに行くぞと張り切っていたお嬢様が、しょんぼりと肩を落とす。

あー、昨日、剣折れちゃったからな。丸腰の剣士とか本当に存在価値ゼロだからしょうがない。

ゼノビアちゃんは自らのアイデンティティを取り戻すために旅立ったのだ。

まぁ、そのアイデンティティは俺がへし折ったんですが。

いやでも、俺は悪くないはずだ。むしろ剣が折れなかったら、俺が死んでいた。

どう考えてもゼノビアちゃんの自業自得である。ザマァと言わざるをえない。

大金払ってまた偽物つかまされればいいのに。ポッキポキにへし折ってくれるわ。

くっくっく、と悪い笑みを浮かべる俺の向こうで、お嬢様たちがやり取りを続けている。

「わたしたちだけで湖に行くのは、駄目ですか？」

「申し訳ありません、馭者《ぎょしゃ》をできる使用人が今日は休んでおりまして。旦那様にも遠出をするときは護衛をつけるように仰せつかっておりますので」

最近のお嬢様のブームは、湖畔で水遊びをしてから、持っていったサンドイッチで昼食にするというピクニックだ。

ニンジンやカボチャを混ぜ込んだ色とりどりのパンに、チキンの香草焼きとかスモークサーモンとか、全部違う具が挟んであって、美味《うま》いんだあれがまた。

そうか、今日はあれ食べられないのか。残念だ。

「そういうわけですので、今日はお屋敷でおくつろぎください」

「……分かりました」

お嬢様は素直にうなずいて、自室へ戻っていく。

俺はくふんと鳴いて、お嬢様のあとをついていった。

「わんわん！（お嬢様！　勉強で疲れたでしょ？　お昼寝とかめっちゃおすすめですぜ！　昼寝最高！　一緒に惰眠を貪りましょうよ！　このモフモフボディに埋まっちゃいましょうぜ！）」

忠犬よろしく尻尾を振りながら、俺はお嬢様の周りを走り回る。

「ロウタ、静かにしてください」

「わぅ？（はい？）」

お嬢様はぴしゃりと俺を遮って、自室の窓を開ける。

それからそっと顔を出して、周りの様子を確認した。

この屋敷は大きさの割に働いている人間の数はあまり多くない。

窓の周囲に人気《ひとけ》はなく、今は庭師もいないようだ。

「誰もいませんね。これなら……」

「くーん（お嬢様はなにをしてらっしゃるのん？）」

キョトンとしている俺をよそに、お嬢様は花飾りの付いたつばの広い帽子をかぶり、無造作に窓へ足をかける。

「わ、わう！（ちょ、お嬢様⁉ はしたないですのことよ⁉）」

「しーっ、静かに。ちょっと二人だけでお出かけしちゃいましょう。大丈夫です。ちょっと遊んだら、お昼ご飯までに帰ってくればいいんです」

ええー。歩いていったら片道一時間は余裕でかかると思うんですがそれは。

日差しもきついし、家でゴロゴロしましょうよー。

「ほら、行きますよ、ロウタ」

お嬢様はもう行く気まんまんだ。

一度こうなったら絶対に聞いてくれない。

清楚《せいそ》な外見に反して、お嬢様は結構おてんばだ。

吠《ほ》えて騒げば、メイドさんがやってきて計画は中止になるだろうが、それでお嬢様の不興を買って嫌われても困る。

お嬢様も毎日の勉強と習い事で、ストレスが溜《た》まってるんだろうなぁ。

湖畔のピクニックは本当に楽しそうだったし。

しょうがない。お供しますよ。

ほんとにもー、当家のお嬢様は言い出したら聞かないんだからー。

「わんわん！（ちゃちゃっと行ってすぐ帰ってきますからね！　昼メシ食いっぱぐれるとかありえないんですからね！）」

「ふふっ、分かりました。だからロウタは大好きなんです」

「わふん……（やれやれ、こういうときは意思疎通取れるんだよなぁ……）」

お嬢様が帽子とスカートを押さえて、窓枠から飛び降りる。

ここは一階なので、お嬢様が飛び降りてもそう危なくはない。

お嬢様に続いて、俺も窓から外へ出る。

「さあ、行きましょうロウタ。こっそりですよ」

「わん！（オーケー、お嬢様。スニーキングは得意だぜ）」

夜中にこっそりキッチンのオヤツを失敬したりするときとかな。

† † †

高い木々に挟まれた街道を、少女と一匹の犬（自称）が歩く。

「はー、なかなか着かないですねー」

お嬢様が軽く息を切らしている。

普段そんなに長く歩くことなんかないもんな。俺は腐っても犬、いや狼《おおかみ》だから全然疲れないが。

「そこの木陰で少し休憩しましょう」

「わん！（いいっすね！休憩大好き！　むしろここらであきらめて帰りません？）」

「帰りません」

「くぅーん……（そっすか……）」

寝そべった俺を背もたれにして、お嬢様がほうと息をつく。

いつもなら、メイドがお茶の一つでも淹《い》れてくれるのだが、ここにいるのは役に立たない駄犬が一匹だ。

せいぜい枕になるので、ゆっくり休んでくだせえ、お嬢様。

ポカポカと汗が滲《にじ》むほどの陽気の中、たまに吹く風が冷たくて心地良い。

そうやってしばらく木陰で休んでいると、ふいにお嬢様が倒れ込んできて、寝息を立て始めた。

「くーん（あらら……。寝ちゃったか）」

やっぱり疲れてるのかね。朝から晩まで勉強だもんね。

「くぁあわふっ（うーむ、暇だ。俺も一緒に一眠りしようかな……）」

あ、いや、いかんいかん。

昼飯までには戻らんと、屋敷を抜け出たことがバレてしまう。

俺はともかくお嬢様が叱られるのは忍びない。

起こしてやろうと鼻先でお嬢様の頰をつっこうとして、妙な匂いを感じ取った。

もちろんお嬢様の匂いじゃない。お嬢様からはフローラルないい香りしかしないからな。

「グルル……（この匂い……）」

知らず鼻筋にシワが寄っていた。

この間、馬車で嗅いだ匂いと同じだ。

獣臭い、泥と垢《あか》と血が混じったような、不潔な匂いだ。

臭いのもとはどこから漂ってきてるんだろう？

鼻をひくつかせて匂いの線をたどる。

「ガウ……（こっちか……）」

森の奥からだ。それも匂いがだんだん強くなっている。

俺は大きな耳をピンと立てて、音を探る。

集中すると、鳥のさえずりや、風で揺れる枝葉の音さえ、正確に判別できた。

匂いのもとへ、聴覚のピントを合わせていく。

「ガウ……（見つけたぞ……！）」

集団が歩いてくる音が聞こえてくる。高性能な耳は、相手の姿や数すらも俺に伝えてきた。

目標の体重はかなり軽い。子供のように小さい歩幅の足音だが、その数は多い。
五、いや六はいる。
さらに耳を澄ませると、集団の声が聞こえてきた。

「グギギ、エモノ」

「ゲゲグ、襲ウ」

「オンナ、オンナ、ゲヒヒ」

……やばい。確定だ。この掠《かす》れるようなカタコトの声。人間のワケがない。

こいつらが魔物ってやつか。こっちをもう捕捉しているのか、歩いてくる足取りに迷いはない。まっすぐにこちらへ向かってきている。

幸いにして、まだ距離は離れている。急いで逃げよう。

だが、どうやって？

俺はともかくお嬢様が逃げられない。お転婆《てんば》といっても、所詮はただの女の子だ。走って魔物から逃げられるとは思えない。

俺が背負うのはどうだ？

いや、無理だ。お嬢様はいまだ夢の中。起こしてもすぐさま動けないだろう。

馬じゃないんだ。お嬢様を乗せたとしても、背中は激しく揺れるだろうし、起き抜けの人間を落とさずに運ぶなんてこと出来るわけがない。

どうする、どうする……！

「グルル……（どうするって、そんなもん一つしかねえじゃねえか……）」

俺に抱きついて眠るお嬢様を起こさないよう、するりと抜け出る。

お嬢様は名残《なごり》惜しそうに、俺の体温を探して手をさまよわせるが、やがて深い眠りに落ちていった。

よし、脱出成功。あとは逃げるだけだ。

「ガウ（ごめんよ、お嬢様）」

このままお嬢様を置いていけば、魔物はお嬢様だけを狙うだろう。

お嬢様が襲われている間に、俺は無事退散できるという寸法だ。

それじゃあ、撤退しますか！

敵の方向へな！

†　†　†

俺は心の涙を滂沱《ぼうだ》と流しながら爆走する。

「ガウウウゥッ！（お嬢様に何かあったら、俺の華麗なるペットライフも終わるだろうがぁぁぁっ!!）」

ちくしょう！　それは死と同義！

俺の甘やかされペットライフはまだ始まったばかりなのだ。

こんなところで終わらせはせん、終わらせはせんぞぉぉぉぉっ！

毎日食っちゃ寝しながら、お嬢様にモフモフされるんじゃぁぁぁぁぁっ！

俺のペットライフを邪魔するやつは全員敵！　敵である！

俺はダッシュで森の中を駆け抜ける。

目標は、数多くいるであろう魔物の集団。

狼の体を手に入れたとはいえ、所詮中身はこの俺だ。戦って勝てるなんて最初から思ってない。

ゆえに戦わずして追い返す。

はったりだ。はったりをきかせろ。

俺は生後一ヶ月だが、幸いにしてでかくて凶悪な顔つきをしている。このメリットを活《い》かせ。

まずは奴らの目の前にいきなり飛び出して、でかい声でひと吠えする。

そこからメンチを切って、奴らをビビらせるのだ。

『俺はお前らを一撃で殺せるが、今日のところは見逃してやろう。さあ、立ち去るがいい、憐《あわ》れな小鬼どもよ』

ってな感じで、大物感を演出するのだ。

行ける行ける。

絶対行ける。

信じろ。鏡で姿を確認してるときに、おちょこ一杯ほど漏らしてしまった自分の顔の怖さを信じろ。

「ガルルル（っしゃ、行くぜオラぁぁぁぁぁぁっ!!）」

気合を入れて、ジャンプ。森の高い茂みを跳び越えた。

目の前に魔物の群れがいるのは、匂いで分かっている。

まずは驚かせるためのひと吠《ほ》え。

でっかいのを一発いくぜ。

「ガロオオオオオオオオオオオオオオンッ!!（俺の快適わんこ生活を邪魔するやつはどいつじゃあああああああああああああっ!!）」

俺の咆哮《ほうこう》は森全体に響き渡り、葉々を散らし、鳥たちを飛び立たせ、小動物を昏倒《こんとう》させた。

そして、俺の口から収束した光線が放たれ、森の木々ごと魔物の群れを飲み込んだ。

そのまばゆい光に俺は目を閉じ、もう一度目を開けた時——。

——そこにはどこまでもまっすぐ伸びる、円状にくり抜かれた森があった。

「……わふ？（……え？）」

俺は呆然《ぼうぜん》と立ち尽くしたあと、驚きのあまり絶叫した。

「わ、わうー!?（く、く、口からなんか出たーっ!?）」

03 猛獣だ！　と思ったら魔獣だった！

お、お、お、俺！
俺！　狼《おおかみ》ですらなかった！
何だよビームって⁉　思いっきり吠えたら、口からビームが出るってなんぞ⁉
俺の口から放出された太い光の柱は、ずっと先まで森をくり抜いている。
くり抜かれた木々の面は鏡のようになめらかで、焦げてすらいない。
まるでその部分だけを空間ごと切り取ったみたいだ。
その光の中心にいた魔物たちは、当たり前のように消滅していた。
一撃必殺にも程がある。相手の顔も拝まないままに倒してしまった。
どうやら、この体は恐ろしく強いらしい。
「わんわん！（で？　それが快適なペットライフの役に立つんですかねえ⁉）」
俺が求めてるのは戦闘能力じゃなくて、食っちゃ寝するだけの堕落した生活なんだよ‼

狼のほうがまだマシだった！　これ絶対魔物じゃん！　口からビーム吐く動物なんていねえよ！　なんてものに転生させてんだあの推定クソ女神！

犬にしてっつったただろ！　狼どころか魔物じゃねえかこれ！　殺処分どころか討伐対象じゃん！　冒険者パーティの経験値になるやつじゃん！　武具の素材にされるやつじゃん！　モンスターハントされるやつじゃんんんんんんん!!

「わんわん！（やり直しだ！　やり直しを要求する！）」

中空に向かって吠えまくるが、もちろん返事などありはしない。

「ぜえぜえ……（きょ、今日のところはこれくらいにしといたるわ……）」

あ、お嬢様をほったらかしだったのを忘れていた。

今の騒ぎで目を覚ましてるかもしれん。急いで戻らないと。

この体のこととか、魔物が湧いて出てきたこととか、今は後回しだ。

俺は来たときと同じく、風のように森を駆け抜け、あっという間にお嬢様の元へたどり着いた。

「すー……すー……」

「わふん（まだ寝てるよ……。我が主《あるじ》ながら、豪胆な娘だなぁ）」

「うふふ……いっぱい食べて、大きくなってくださいね……ロウタ……」

さっきの光の一撃はかなりの大音量だったと思うんだが、お嬢様はいまだ夢の住人だ。

あと、これ以上大きくなったら俺が困る。

かなうことなら成長を止めたい。でもそれは無理だ。

なぜならおっさんの作るご飯が美味《おい》しすぎるから！　悔しい！　でも食べちゃう！　ビクンビクン。

今日の昼メシはなんだろうなぁと考えながら、俺は鼻先でお嬢様の頬をつっつく。

「くぅん（お嬢様、起きてくださいな。また魔物とか現れたら嫌だから、とっとと帰りましょうぜ）」

「う、ううー……？」

すべすべの頬を何度かつつくと、お嬢様は寝ぼけまなこをこすりながら、上半身を起こした。

「うー……。……ぐぅ……」

「くんくん（ちょ、寝ちゃ駄目ですって。ほらほら、起きて起きて）」

また体が傾いてきたのを、お腹《なか》の下に頭を突っ込んで立たせてやる。

お嬢様はほんとに寝起きが悪いなぁ。

「んんー……？　ロウタぁ……？」

「わん（はいはい、あなたのプリティーペット、ロウタきゅんですよ）」

「湖はぁ……？」

「わんわん！（駄目ですってば。ほらもう日がてっぺんに昇りそうでしょ。すぐ戻らないとメイドさんにバレてお出かけ自体禁止にされちゃいますぜ！）」

「うう……残念です……」

寝ぼけていながらも意気消沈するお嬢様を支えて、俺は屋敷への帰路についた。

門の裏口から入って、上手《うま》いことお嬢様を窓から部屋に戻す。

その直後にメイドさんが呼びに来たので、間一髪だ。

脱走がバレている気配はない。

どうやら森での爆音は、屋敷まで届かなかったみたいだ。まるで騒ぎになっていなかった。

「わふん（よっしゃ、ミッションコンプリートだ。めっし！　めっし！）」

俺は急いでキッチンへ向かう。

もちろん屋敷内を走ったりなんかしないぜ。俺は賢いからな！　賢いわんこだからな！

断じて魔物なんかじゃない！　魔物なんかじゃないんだ!!

心の涙を流しながら、現実から目をそらす。

キッチンが近づくと、だんだんといい香りが漂ってきた。

俺はフラフラと匂いに導かれて、キッチンへ顔を覗《のぞ》かせる。

「くーん（おっさーん、はらへったよー）」

「お、来たな、大飯食らい。まったく、旦那様がたのお食事より、お前の飯の用意のほうが手間がかかって困るぜ」

やれやれと肩をすくめながら、おっさんは大皿に俺のご飯を用意してくれる。

「お客様、本日のメニューは、虹鱒《にじます》の蒸し焼き《ポワレ》となっております」

おどけた調子で一礼するおっさんに、俺はわんと元気よく鳴き返し、大皿に飛びついた。

「がっふがっふ！（うわ、くっそうめえ！　これくっそうめえ!!）」

パリッとした皮ごと魚の身に嚙《か》み付《つ》くと、旨味《うまみ》たっぷりの脂がじゅわっとしみ出てくる。

すごい脂の量だ。甘みを感じるほどなのに全然しつこくない。

皿に引かれているソースも、俺用に塩分が抑えられていながら、非常にコクがあってクリーミーだ。

空気を含ませてムースになるまで泡立ててあるから、口に入ったときの香りがすごい。

「わんわん！（おっさん、このソースはいったい……!?）」

「お、なんだ？　気に入ったのか？　こいつはな、沢蟹《さわがに》から出汁《フォン》を取って、卵黄と生クリームを泡立つまで混ぜ合わせて作ったもんだ。どうだ、美味《うま》いだろ？」

「わんわん！（もう最高！　素敵！　なでて！）」

「お、出汁の良さが分かるか？　そんだけ美味そうに食ってくれたらこっちも作りがいがあらぁな」

わっしわっしと太い手が俺の頭をなでてくる。

「あとで残った蟹身と卵でオムレツも作ってやるからな。楽しみにしてろよ？」

「わ、わふぅー……（お、おっさんはどこまで俺を惚《ほ》れさせれば気が済むのか……。あたい、おっさんの料理にもうメロメロよ……）」

俺は森で起こったことをすべて忘れ去り、食事に夢中になるのだった。

†　　†　　†

「わふん（って、忘れるわけにはいかんよなぁ。ペットライフ存続の危機だからなぁ）」

しっかり飯を平らげたあと、俺は広間で横になって、これからの対策を練ることにした。

ああ、それにしても今日の昼メシもめっちゃ美味かった……。

おやつのオムレツはまだかなぁ……。

「わふるるる（いやいやいやいや）」

違う。しっかりしろ。

俺の今やるべきことはこの体について知ることと、聖なる加護があるはずの森に魔物が現れた原因を探ることだ。

すぐにでも調査に出かけたいが、出歩くのはまだ駄目だ。

俺が屋敷からいなくなったら、お嬢様が心配する。

午後も勉強があるとはいえ、頻繁にお茶の休憩が入るからな。

深夜になったら、見回りがてら森へ行ってみることにしよう。

まずはそれからだ。

俺はそう考え、夜に備えてぐっすりと昼寝をするのだった。

† † †

さて、みなが寝静まった深夜。

俺はこっそりと寝床から抜け出した。

大きなベッドで眠るお嬢様のとなりから、ゆっくり外へと這《は》い出る。

俺の体温が消えたことで不安になったのか、お嬢様が手をさまよわせている。

大丈夫だ。メアリお嬢様はいったん寝たらなかなか起きない。

俺はおすわりしてじっと動かず、お嬢様の動向を見守る。

「うぅ……ロウタぁ……？」

「ロウタ……ロウタぁ……くぅ……」

思った通り、すぐにお嬢様は規則正しい寝息を立て始めた。

「……くぅん（ちょっと森の様子を見て、すぐに帰ってきますからね。そしたらたっぷり抱きまくらにしてくだせえ）」

俺は前足を使って窓を開けると、するりと外へ飛び出した。

「わぅ……（犬っぽい鳴き方にも慣れたもんだ。こりゃ真の犬になる日も近いな。……嘘《うそ》だよ、ただの願望だよ）」

犬って言い張り続ければ、いつか本当になったりしないだろうか。

「くぅ（まぁ、どだい無理な話だが。……さてと、出発の前に……）」

俺は二本足で立ち上がって、キッチンの様子を裏口の窓から探る。

あ、ジェイムズのおっさんが机に突っ伏して寝てる。

おっさんの周りには、レシピが書かれた紙がいくつも散らばっていた。

「くーん(おっさん偉いよなぁ)」

あれだけ美味い料理を作れるのに、日夜研究を怠らないとか、料理人の鑑《かがみ》やで。

おっさんもゼノビアちゃんと一緒で、雇われてるって言うより、食材を自由に購入していいって条件で、屋敷に住んでる客らしい。

パパさんの個人的なお友だちなんかな。

その辺りのことはよく分からんが、おっさんがすごい料理人ってことは知ってる。

「くく……ロウタ……お前ってやつぁ……底なしの胃袋だな……」

なにやらおっさんの夢に、俺が登場してるらしい。

夢の中でも食ってるのか俺。

ひどいイメージを持たれている。まるで食う寝る以外何もしていないみたいじゃないか。

ところで夢の中の俺は、どんな料理を食ってるんだろう。気になるジュルリ。

「おいおい……その皿は喰《く》えねえぞ……くっくっく」

食わないよ!? 流石《さすが》にそこまで馬鹿じゃないよ!? おっさんの中で、俺はどんだけ頭悪いと思われてるんだ。

おっさんはよほど疲れてるのか、机に突っ伏すような無理な体勢でもよく寝てる。

「くーん……（このままほっといたら体冷えちゃうよな……）」
俺は裏口からキッチンへ入って、いったん屋敷の廊下へ戻る。
予備の布団がしまわれてあるリネンルームへ侵入し、毛布を一枚拝借した。
それを咥《くわ》えて戻り、おっさんの背中にかけてやる。
ついでに床に落ちているレシピも拾って、まとめて机の上に置いてやった。
「くんくん……（風邪ひかないようにな、おっさん）」
俺はおっさんが起きないのを確認して、キッチンを物色する。
「わふっ……（なあに、礼はいらないぜ。お代はきっちり頂いていくからな！）」
棚に吊《つ》るしてあった腸詰め肉の帯が、俺のターゲットだ。
というか元々これを求めて、俺はキッチンまでやってきたのだ。
夜の盗み食いって、心躍るよね。
ソーセージをぐるぐると首に巻きつけて、肉のネックレスの完成じゃぜー。
やっぱお出かけするなら、お弁当は必須だからな。
おっさんの自家製ソーセージ、これがまた美味いんだ。
茹《ゆ》でたり焼いたりしても美味いけど、燻製《くんせい》にしてあるからこのまんまでも全然食える。
人間のときは食ったことなかったけど、ブラッドソーセージってめちゃくちゃ美味いんだぜ。

血を原料にするから鉄臭いイメージがあったけど、全然ちがうんだ。食感はパテみたいな柔らかさがあって、味はコクがあって、まるで香辛料たっぷりのスープを食べているみたいだった。

さらにおっさんの作るソーセージは、中にクルミとかのナッツ類も混ぜてあって、噛《か》むとぱりっと皮がはじけて、肉汁と一緒に飛び出した具がザクザクしてて美味いのなんのって……。

あ、いかん、またよだれが。

今はまだ食っちゃいかん。

これはお弁当、これはお弁当。

「わふっ(そいじゃ、いってきまーす)」

俺はソーセージを首に巻き付けたまま、屋敷の外までやってきた。

周囲に誰もいないことを確認して、屋敷の塀を跳び越える。

今までこんなに高くジャンプしようと思ったこともなかったが、人の背より高い壁を簡単にひとっ跳びすることができた。

うーむ、この体、やはり高性能だ。高性能ボディだ。

これならヤバい魔物が出てきてもなんとかなるかもしれん。

主に逃げる方向で。戦うとか無理の無理無理。口喧嘩《くちげんか》すら負ける自信あるよ。

「わふ……（ていうかさ、気づいちゃったんだけどさ……）」

こんな時こそゼノビアちゃんの出番なんじゃないの⁉

なんで俺が魔物の調査とかやってんだよ⁉

ゼノビアちゃん、あなたそのためにここにいるんでしたよねえ⁉

なんで町に剣なんて買いに行っちゃってんの⁉　魔物を倒しにいけよ！

馬鹿なの⁉　お馬鹿さんなの⁉　お皿食べる⁉

「くーん（でも、そんな間の悪いゼノビアちゃんも可愛《かわい》いです、ペロペロしたい）」

しゃあねえ。いないならいないで何とかするさ。

快適なペットライフは俺が守る！

頑張れ俺！　俺というか俺の高性能ボディ！

奮起して、俺は鼻を高く上げ、匂いを探る。

漂ってくる臭気から感じ取れる情報は膨大だ。

木々の香り、小動物の匂い。小川を流れる水のマイナスイオンまで。多種多様な匂いが、映像となって俺の脳裏を駆け巡る。

いいぞ！　頑張れ俺の鼻！
その嗅覚を、犬の本領を、発揮してみせろ！
犬じゃないけど！
しばらくクンカクンカとやってみたが、剣呑《けんのん》な匂いはしてこない。
魔物はこの近くにはいないようだ。安心して探索に出かけられる。
俺はとりあえず、昨日ビームを吐いた場所へ向かうことにした。
今のところ、なんにも手がかりがないからね。
月だけが照らす夜闇の中を、俺はとっとこ駆け足で進む。
「わんわん（うーむ、夜の散歩って結構楽しいな）」
昼寝をたっぷりしてるから、夜はなかなか寝付けなかったりするしな。
これからもこうして夜中の散歩に出かけるのはありかもしれん。
「わふっ（うは、めっちゃ体軽い。時速何キロ出てるんだこれ）」
だんだん走るのが楽しくなってきて、体はぐんぐん加速していく。
「ハッハッハッハッ！（うおお、俺は一陣の疾風だー！）」
景色がにじむように流れていき、鼻先が冷たい夜気を割る感触が心地良い。
そういえば全力で走るなんて、いつ以来だろう。

少なくとも犬になる前ですら、記憶に残っていないくらい昔の話だ。

「わうー！（走るの、たのしーい！）」

そんなことをしていたら、あっという間に現場へ到着した。

「わん！（俺、到着！）」

現場は相変わらずの状態だった。木々はくり抜かれ、動物たちはまだ怯《おび》えているのか戻ってきている気配がない。

ここからもう一度、あの小鬼のような魔物が他にいないか探してみよう。

クンカクンカ。あ、クンカクンカ。

「わん……（うーん、いまいち。するような、しないような……）」

あちこち嗅いでみるが、そこまで強い匂いはしてこない。ここにあるのは残り香みたいなもんだろう。

「わん（ちょっと休憩するか……）」

若草が生い茂っている場所を見つけて、そこに座り込む。

「くーん（綺麗《きれい》な夜空だなぁ……。満月が出てるのにすごい星の数だ。空気が澄んでるからだろうな。あとは付近に家が全然ないからか）」

真っ暗な森から見上げる夜空はとても美しかった。

ちなみに俺の高性能ボディは灯りなんてなくてもへっちゃらだ。星明かりだけでずっと向こうまで見渡せる。

「……（んん？　んんん？）」

大きな月をぼんやりと眺めていると、なんだか急にムラムラしてきた。

「……（え、なんだこれ？　なんか、すごい、ムラムラする……!?）」

ムラムラムラムラムラムラムラムラムラする！

なんぞこれ!?　なんぞこれ!?

原因が分からないまま、俺は本能の赴くままに立ち上がった。

「わんわん！（おいおいおいおい！　なんかすげえムラムラするぞおおおおっ!?）」

俺は立ち上がるやいなや、森の中を爆走する。

方向なんて考えないまま、ただただ本能に従って走り続けると、急に木々が途切れた。

崖だ。森を抜けて、月がよく見える崖っぷちへとたどり着いたのだ。

まるで剣のように突き出した岩先へ、俺は一直線に突進し、ずざざぁっと音を立ててブレーキをかける。

そして大きく息を吸い込み――

「ワォォォォォォォォォォォォォン！（遠吠《とおぼ》え、気持ぢいいいいいいいいい!!）」

月に向かって高く遠吠えした。

†　　†　　†

「ワォォォォォォォォォン！　ワォォォォォォォォォン!!（んほおおおおおおおおお!!」

遠吠え気持ぢいいいいいいい!!　超気持ぢいいのぉぉぉぉぉぉぉぉぉぉっ!!）」

そんな感じでたっぷり一〇分ほど遠吠えしまくったら、めっちゃスッキリした。

「わぅ……（……いったい、なにをやってんだ、俺……）」

スッキリした代わりに、どっと鬱状態がやってきた。

月夜に向かって遠吠えとか、完全に狼《おおかみ》じゃないか。

「わふ……（はぁ、今日はもう帰るか……）」

やる気、失《う》せちゃった。完全に賢者モードだわ。

せっかくだし、ゆっくりソーセージでも食べながら帰ろっと。

最初はどれにしようかな。

香草のかな。血ナッツかな。ニンニク入りのやつもいいな。

なに？　犬にニンニクは毒？

いいんだよ、俺は犬のような何かだから。

誰に言い訳しているのか自分でも分からないが、腸詰めネックレスの中から食べたいものを探していく。

うーむ、調子に乗ってちょっと持ってきすぎたかもしれん。

キッチンの壁にかかってあったやつ根こそぎ持ってきちゃったからな……。

明日おっさんに怒られたらどうしよう。

俺は当初の目的がなんだったかなんて完全に忘れ、岩先から踵《きびす》を返した。

と、その時だ。

『ワォォォォォォォォォォォォン！』

『ワオォォォォォォォォォ！』

『ワォォォォォォォォォォォォォォォォォォォォォォォン！』

いくつもの遠吠えがあちらこちらから返ってきた。

「わふっ!?（な、な、なんぞ!?）」

遠吠えと同時に、森の方向からたくさんの足音が近づいてくるのを感じる。

「わう!?（え、なに!?　ほんとなんなの!?）」

俺が混乱してる間に、大量の足音はもうそこまでやってきていた。

後ろは崖っぷちだ。もう逃げられない。

「わ、わうわう！（ビームか!?　ここはビームの出番なのか!?）」

薙《な》ぎ払え!!　するターンなのか!?

出るよな？　ちゃんとビーム出るよな!?　思いっきり吠えたら出るよな!?

ちくしょう、練習しとけばよかった！

森の茂みがガサガサと揺れ、月明かりを反射するいくつもの目が、夜闇に浮かび上がった。

ひえぇ！　めっちゃいるー!?

「グルル……（や、やるしかない。先手必勝。見敵必殺だ。……行くぞ！　やっちゃうぞ！）」

俺は大きく息を吸い込んで、喉に力を込めた。

そして、思いっきりゲロを吐くような気持ちで叫ぶ。

「ガウロォ――」

「ガガウ！（お待ちください！）」

俺によく似た吠え声が、待ったをかける。

「ガウ!?（うんぐぐ!?）」

俺は口まで出かかっていたビームをなんとかこらえた。
驚いたのは、吠え声と一緒に、副音声みたいに相手の言ってることが分かったからだ。
無理やりビームをキャンセルしたから口の中が気持ち悪い。
吐きそうなのに吐けなかったときのあの嫌な感触だ。おえっ。
ってそんなことはどうでもいい。
今の声はいったいなんだ？
俺が警戒していると、茂みが割れて、そこから大きな影がゆっくりと現れた。
夜より深い色をした、黒い狼だった。
金色の鋭い目が、俺をまっすぐ捉えている。
体格も、俺と同じか、それより大きいくらいだ。
つーか、でけえ！　怖えええええ!!
俺が震える足で後ずさりすると、黒い狼はさらに一歩進んできた。
長い尻尾を一振りしただけで、空気がブンと鳴る。
すげえ威圧感だ……。この狼めっちゃ怖い……。
ん？　ってことはよく似てる俺の見かけも、こいつくらい怖いのか？
やべえ、屋敷の人間、全員キモが座りすぎだろ！　自分で言うのも何だが、こんな怖いのよくそばに置いとけるな！　認めたくはないが、ゼノビアちゃんが正しいぞ！

「わふぅ……（お、お前らいったい何なんだ？　俺に何か用か？）」

もしかして、用があったとかじゃなくて、俺の遠吠えを聞いて集まってきてしまったのだろうか。

今からでも、間違いだったから帰ってくれって言ったら許してくれないかなー……。

「わふっ！（はっ⁉　もしくは縄張り荒らしたとかで、怒ってらっしゃる⁉）」

すみません！　そんなローカルルールがあるなんて知らなかったんです！

みかじめ料ですか⁉　土下座ですか⁉　なんなら全員の股の下くぐりましょうか⁉

「ガウゥゥ……（おお、やはり……！）」

俺が必殺の命乞いを画策したところで、黒い狼が感動するような声をあげた。

「ガウ……！（月の光を浴びて、白銀に煌《きら》めくそのお姿……！　間違いない……！　貴方《あなた》こそ我らが王……！）」

「わふ……？（え……？）」

なに言ってんの、この狼？

どうやら怒っているようではなさそうだが、どうにも見解の食い違いを感じる。

それに白銀に煌めくってなんだ。俺の毛並みはもふもふの白だぜ。

俺は目を輝かせる黒い狼の視線にそって、自分の体を見下ろす。

「わうーっ⁉（な、なんか体光ってるーっ⁉）」

え、なにこれ。電飾みたいになってるじゃん！

ソーセージ巻きつけてピカピカ光ってるとか、いま俺めちゃくちゃ恥ずかしい姿なんじゃ……。

「ガウオン！（王よ！　我らが王よ！　いにしえの盟約に従い、我ら魔狼《まろう》族の代表一同、推参いたしました！）」

「わうう⁉（ファッ⁉　王⁉　盟約ってなんぞ⁉）」

そんな約束してませんよ⁉

「ガウガウ（何代にも渡って口伝される、我ら一族の伝説です。千年の時を経て、満月の夜、我らが真の王、魔狼王フェンリル様が再来なさると！）」

いやいやいや。知らないよ。人違いだよ。

そんな契約書にサインした覚えなんてないぞ。

不履行です！　そんな意味不明な契約は不履行ですぅ‼

「ガウウウ！（ついに予言は真実となった！　王よ！　今こそ森を捨て、人間どもを皆殺しにし、世界を弱肉強食の魔の時代へと戻すのですね！）」

「わう？（え、なにそれ、初耳なんですけど）」

俺の発言は耳に届かないのか、黒い狼は興奮した様子で言葉を続ける。

「ガウガウ!!（我らは約定により、長い間この森を守護する定めを負ってまいりました。人間たちが足を踏み入れても殺さず追い返し、ただ伏して王を待ち続けよ、と。しかし！王が再来した今！　その役目も終わりを迎えました！　これより、叛逆《はんぎゃく》の刻《とき》が始まるのです!!）」

「「ガオオオオオオ!!（王！　王！　我らが真の王!!）」」

黒狼《こくろう》に呼応するように、周囲から何頭もの狼が現れ、口々に吠え猛《たけ》った。

「ガオン！（王軍の進撃は、今日この日この夜から始まるのです!!　さあ、王よ！　参りましょう!!　千里を駆け抜け、人の世に終わりを告げましょうぞ!!）」

「わん（お断りします）」

俺の返事で、狼たちの空気が固まった。

「……ガウ？（……今、なんと……？）」

「わんわん（嫌です。ノーセンキュー。断るって言ったの）」

「ガ、ガウ！（な、何故《なぜ》です!?　人間どもは肥え太り、無軌道に増え続け、森を焼き、動物たちを楽しみで殺す。そんな屑《くず》どもを生かしておく理由など――）」

「ガオオン‼（黙れ小僧！　お前に俺が救えるか‼）」

住むところとか！　食べるものとか！　風呂とか！　お嬢様とか！

文明を知らぬ愚か者どもめ。今から俺がどれほど人類がすばらしいか教えてやる！

「クゥゥゥン……（も、申し訳ありませぬ、王よ！　御身《おんみ》の孤高なるお気持ちを、卑小なる我が身では察することが叶《かな》いませぬ……！）」

俺の怒声に、黒狼が尻尾を丸めて這《は》いつくばった。

プルプル震える姿がなんだか可愛《かわい》い。

前足で顔を隠す狼の鼻先へ、俺はソーセージの束を落とした。

ふう、これでマヌケな格好から、自然に脱することができたぞ。

「わん（それ、食ってみ）」

「ガウ……（は。い、いえ、そんな恐れ多い……。我が王の獲物を、私などが頂戴するなど……！）」

「わんわん（いいから、食ってみ）」

俺は鼻先でソーセージを押しやる。

「ガウ（ご、ご命令とあらば。……失礼します）」

黒狼は恐る恐るソーセージの一つにかぶりついた。

「ガ、ガウ……⁉（こ、これは……⁉）」

とたん、黒狼は驚愕《きょうがく》して目を見開く。

「ガウ……！（なんという芳醇《ほうじゅん》な血の香り……！　嫌な臭みがまったくないのに、全身に力が漲《みなぎ》る。なんて強烈な香りだ……！）」

お、どうやら黒狼は血ナッツのソーセージを食ったようだ。

美味《うま》いだろう。それは俺もお気に入りのやつだからな。

「ガウ……！（こ、これは一体何の動物の肉なのですか……⁉　これほどに美味なるものを、私は食べたことがない……！）」

「わんわん（それはな。お前らが滅ぼすって言った人間が作った食い物だ）」

「ガウ⁉（こ、これを人間が……⁉）」

「わんわん（お前らが人間を滅ぼしたら、それも食えなくなるんだぜ。殺すのダメ絶対。共存こそが覇道です）」

俺は胸を張って、黒狼に言い切った。

人間が滅んだら、誰が俺の面倒を見るというんだ。

「ガ、ガ、ガウウ（わ、私は、なんと愚かだったのか……！）」

よしよし、分かってくれたようで嬉《うれ》しい。

おっさんの料理は狼《おおかみ》たちの殺意すら消してしまうのだ。

「わんわん（お前らもみんな食ってみ、美味いから。あ、ちゃんと分け合って食えよ）」

全員に行き渡らせたら、ちょっとずつの量になっちまうが、味見くらいにはなるだろう。

下がった位置で平伏していた狼たちが、我先にとソーセージへ群がっていく。

「ガウガウ！（美味い！　すごい！）」

「ガウガウ！（王はすごい！　人間にこんなものを作らせるなんて！）」

「ガウガウガウ！（王は人間をすでに支配下においていたんだ！　すごい！　王すごい！）」

……あれ？　なんか思ってたのと違う方向へ話が向かっているような？

「ワォォォォォォォォォォン!!（王よ！　我らはどこまでも貴方の御心《みこころ》に従いますぞ！）」

「ワォォォォォォォォォォォォォォォォン！（王よ！　王よ！　我らが偉大なる王よ！）」

「わんわん！（あ、ちょ、待って！　まずそこの否定を忘れてた！　俺は王様じゃないから！　ていうかフェンリルとかじゃなくてただの犬だから!!）」

「ガウガウ（ははは、王は冗談がお上手ですな）」

「ワォォォォォォォォォォォォン！（だから王じゃないって言ってるでしょおおおおおおおおおおおおおおおおっ!?）」

こいつらの説得には時間がかかりそうだ。

俺はそう確信して、月夜に悲しく遠吠《とおぼ》えするのだった。

†　　†　　†

俺がなにを言っても、魔狼たちはいいように取って吠えまくるということを繰り返し、月が少し傾いた頃ようやく彼らの興奮が収まった。

やれやれと俺は大きく息をつく。

「ガウガウ（ところで、王よ。先程から気になっていたのですが、誇り高き魔狼王であらせられる貴方が、なぜ犬畜生のような吠え方を？）」

俺が必死で習得したこのわんわんボイスが気になるとな。

「わんわん（さっきも言っただろう。それは俺が犬だからだ）」

「ガウ？（は？　いえいえ、ご冗談を。貴方は人に下《くだ》った愚劣な犬などではなく、誇り高き魔狼王フェンリル――）」

「ガオン!!（黙れ小僧！　お前に俺が救えるか!!（二回目））」

「ガ、ガウ！（ひ!? お、お許し下さい！）」

黒狼はきゅうんと細く鳴いて、狼一同と一緒に尻尾を丸めて這いつくばる。

前足で顔を隠してるのが、とても可愛い。

もふもふしたい。自前のがあるけど。

じゃなくて。

「わんわん（とにかく、さっきも言ったとおり、人間を襲うのはナシな。これからも森でおとなしく暮らすべし。また美味い飯持ってきてやるから）」

「ガウ（王のご命令とあれば、我らはどこまでも服従《まつろ》うのみです）」

こいつらの説得はもう諦めた。なに言っても『王様すげー』になるんだもんよ。

命令を聞いて、これからも大人しくしてくれるなら、それでいいや。

尻尾丸めて震えてるのを見てたら、あんまり怖くなくなったし。

「わん（あ、そうだ。思い出した。お前らなら、なんか知ってるかな）」

「ガウ？（は、何をでしょうか）」

「わんわん（いやさ、今まで森に魔物なんて出なかったのに、こないだ小鬼みたいな魔物が現れてさ。なんでかなと思って、今夜はそれを調べに来たんだよ）」

もう一つの目的である俺の正体は、こいつらのせいで分かっちゃったしな。

フェンリルかー。北欧神話に出てくるやつだったよな。

こっちの世界にも同じようなのがいるらしい。

たしか大地を揺らすほど大きな狼、だっけ。

あれだよな、オーディン食い殺したやつだよな。

うろ覚えだけど。めっちゃ悪い狼だったはず。

……ん？

もしかして俺、最終的にそれぐらい大きくなったりするの？

ヤバくない？　もしかしなくてもヤバくない？

「わうぅぅ……（いや、ヤバくない。何もヤバくないんだ）」

俺は犬だ。俺は犬だ。

犬と思い込み、犬として振る舞えば、みんなきっと騙《だま》されてくれるはず……！

信じてるぜ、お屋敷のみんな！　そのフシアナアイを！

「ガウ（小鬼《ゴブリン》ですか。この森に出現する魔物は、総じて我らが食い殺しているのですが、どこかで漏れがあったのかもしれませんな）」

黒狼の声で現実に引き戻される。

「わん？（え？　あれ？　確か、この森には聖なる湖があって、そのご加護で魔物が来ないとかって聞いたんだけど……）」

「ガウガウ（そのような話は聞いたことがありませぬな。千年前から続く約定により、我ら魔狼族が、森深くから魔物が出ぬよう掃討を行ってまいりましたので）」

湖の伝承、嘘《うそ》だった。

湖に沈んだ巨大な水晶はないのかよ。いつか潜って確かめようと思ってたのに。

ってことは、今までお嬢様たちが安全に暮らしてこられたのは、湖じゃなくてこいつらのおかげなのか。

やるじゃん。偉いじゃん。

「わんわん（お前ら、凄《すご》いな。千年もよく頑張ったなぁ……）」

「ガ、ガウ！（お、お褒めにあずかり、恐悦至極‼）」

黒狼が低頭すると、他の狼が口々に騒ぎ始めた。

「ガウガウ！（王がお褒めくださった！）」

「ガウガウ！（王よ！　寛容なる王よ！）」

「「「ガウウウウウウ！（王よ！　王よ！　王よ！）」」」

いや、それもういいから。

「わんわん（でも、今まで上手《うま》くいってたなら、なんで急に漏れが発生するようになったんだ？）」

「ガウ……（それは……）」

黒狼が口ごもる。

「わん（もしかしてなんかあったのか？　教えてくれよ）」

「ガウ（かしこまりました。見て頂いた方が早いかと思われます。説明は道中で。ご足労願えますか）」

「わんわん（いいぞ。でも朝には帰らなきゃならんから、巻きでお願いします）」

「ガウ！（はっ！　ではこちらです！）」

黒狼《こくろう》が一吠えすると、狼たちが一斉に森へ向かって走り出した。

俺は黒狼と並んで、夜の森を駆ける。

「ガウ（申し遅れました。わたくし、ガロと申します。魔狼族の各氏族のまとめ役を任されております）」

「わん（おっけ、ガロね。これからよろしくな。俺はロウタっていうんだ）」

「ガウ！（王が私に聖名を……!?　おおお、これ以上名誉なことはありませぬ……！）」

「「ガウガウガウ！（王よ！　王よ！　王よ！）」」

「わうぅ……（いや、だから、そのノリもういいって……）」

俺は魔狼たちの賛歌にげんなりとうめいた。

†　　†　　†

「ガウ（王よ、こちらにございます）」

「わん（ほーん。これが魔物が住んでる場所か）」

茂みの中に隠れ、俺たちはその場所の様子を探った。

地面から小山のように突き出た洞窟の入り口だ。

周囲には魔物はいないが、洞窟の奥からは強烈な獣臭さと気配が漂ってくる。

「ガウ（住んでいるというよりは、生成される場所と言ったほうが正しいでしょうか。魔物はただの動物と違って、霊体に近い存在なので、こうした魔力の集う場所からも自然発生するのです）」

「わん（へー。必ずしも親から生まれるわけじゃないのね）」

「ガウ（はい。そして、今見えているこの洞窟が、その中でも特段に大きな魔物なのです）」

「わん？（え？　この洞窟？　これが魔物なのか？　ただの洞窟にしか見えないけど）」

「ガウガウ（いえ、この穴は生きているのです。魔力の集う場所へ根を張り、地下へ空洞を押し広げ、その腹に魔物を飼い、やってくるものを魔物たちに殺させ、血肉や魔力を吸収し、また巨大化していくという、非常に厄介な魔物です。我らはヤツのことを迷宮樹《ラビリンス》と呼んでおります）」

「わん（へー、ガロは博識だなぁ）」

「ガ、ガウ（お、お褒めに預かり恐縮です……！）」

「「ガウ――（王よ――）」」

「わん（静かにね）」

「「きゅーん」」

また歓喜の吠え声を上げようとする狼《おおかみ》たちの機先を制する。

ふっ、慣れたもんだぜ。

「わんわん（で、こいつの何が問題なんだ？　お前らめっちゃ強そうだし、中に入って魔物を倒しちゃえばいいんじゃないの？）」

「ガウガウ（いえ、それはできません。迷宮樹は中に入った魔物を操るのです。それは我らも例外ではなく、こうやって近くにいるだけでも周囲の魔物を誘ってくるのです）」

ふむ、食虫植物みたいだな。奴隷として操るからもっとたちが悪いんだろうけど。

「ガウガウ（ゆえに我らは遠巻きに監視することしかできず、どうしても包囲網に穴が空いてしまうのです。すでにこの距離は危険なくらいで。王も感じませんか？　やつから漂う、我らを誘引する甘い香りを……）」

「わん（いや、全然）」

むしろ臭いし。

公園のトイレみたいな匂いする、あそこ。

同じ誘われるなら、メアリお嬢様がいいわ。

抱きしめられると、めっちゃいい匂いするんだ。

ああ、お嬢様に早く会いたい。帰りたい。

お嬢様に添い寝してもらって、ゆっくり寝たい。

だというのに、なんで俺はこんなとこで働いてるんだ。意味が分からない。

さっさと終わらせて帰りたいわ。

「ガウ（おお、王の御威光《ごいこう》の前には、迷宮樹の誘いなど無いも同じなのですね……！）」

いや、単純にもっといい匂いを知ってるだけだと思うぞ。トイレの芳香剤じゃ勝てんよキミ。

「わん（解決するにゃどうすべきかねえ……。入り口を塞いだくらいでどうにかなったりはしないよなぁ）」

「ガウ（その方法ではすぐに元へ戻るでしょう。迷宮を仕留めるには、最奥にある迷宮核と呼ばれるあやつの本体を砕かねばなりません）」

「わん（それって、場所とか分かるか？）」

「ガウ（はい、不思議なことに、迷宮核は上から見て入り口とほぼ同じ位置にあるそうです。真下にまっすぐ向かえば行き着くはずですが、迷宮樹はその名の通り木の根のように四方八方へ伸び、非常に複雑な作りをしているそうです。たどり着くのは容易ではありません）」

「わん（ん、おっけ、分かった。お前らは下がって待ってろ）」

それだけ分かれば充分だ。

「ガウ（はっ！　……いや、王、危険です……！　それ以上近づいては……！）」

「わんわん（大丈夫だって、いいからそこにいろ。命令な）」

「ガ、ガウ（はっ……）」

俺はガロたち狼を置いて、迷宮の入り口へ一歩踏み入る。

「わん（ふむ、やっぱなんともないな。さすが高性能マイボディ）」

ガロの話だと、この真下にこの迷宮の弱点があるって話だった。

だったら簡単だ。俺には必殺の武器がある。

「グルル……！（それじゃあ、いっちょやりますか……！）」

俺は大きく息を吸い込み、全力で吠《ほ》えた。

「ガルロォオォォォォォォォォォォンッ!!（すっみませぇぇぇぇぇんっ!!　今からぁ！　おたくのおうちぃ！　ぶっ壊しますけどぉ！　いいですよねぇぇぇぇぇぇぇぇぇっ!!）」

いいよ、などという返事が返ってくるはずもなく。

俺の咆哮《ほうこう》に合わせて、光の柱がまっすぐ下に向かって放射された。

光の柱は、洞窟の岩盤を一瞬でくり抜き、更に深くへと伸びていく。

閃光《せんこう》に俺は目を細め、次に目を開けた時、眼下には恐ろしく深い巨大な穴ができていた。

届いたかな。どうかな。もう一発いっとくべきだろうか。

と思案する前に、穴から断末魔のような響きが返ってくる。

そして地震のように洞窟が揺れ始めた。

「わふっ（お、おお……!?）」

どんどん地響きは大きくなっていき、崩落する音も届いてきた。

どうやら迷宮全体が奥から崩れているようだ。

「わん！（こりゃいかん。脱出！）」

俺が後ろへ跳び退《の》くと同時に、洞窟の入り口もガラガラと崩れ、最後には砂のように溶けてしまった。

中にいた魔物は全部生き埋めだろう。許せ。なむなむ。

「わん！（よーっし、一件落着！　帰っぞ！　俺もう眠い！）」

魔狼たちが駆け寄ってくる。

「ガウガウ！（なんと……！　迷宮樹をたったの一撃で……！　みな喜べ！　我らが王はやはりこの世で最もお強いお方だ！）」

「「「ガウガウガウ！（王よ！　王よ！　王よ！）」」」

「わんわん（あー、はいはい。分かった分かった。お前らの気持ちはよく分かった。はい、散って散って。解散、今日はもうかいさーん）」

もう眠気と面倒臭さでどうでもよくなっていた俺は、集まってくる狼たちを追い散らす。

見上げれば、もう空が白み始めていた。

これは急いで帰らないと。お嬢様が目を覚ましてしまう。

「ガウ！（王よ、この度は本当にありがとうございました！　我ら魔狼族一同、誠心誠意お仕えさせていただきます！）」

「わんわん（ん、くるしゅうないくるしゅうない）」

こいつらにはもう王様っぽく振る舞ってやったほうが、上手く回る気がしてきた。

「ガウ！（王よ、私だけでも、途中までお見送りさせてください！）」

「わん（あー、まあ、いいよ）」

断ってもついてきそうだし。

屋敷に帰れるならもう何でもよかった。

お嬢様、待っててくださいね。

今あなたのモフモフ抱きまくらが帰りますから。

†　　†　　†

「ガウ（ところで王、我らを呼び集めたときの、遠吠えについてなのですが）」

「わう？（んん？）」

「ガウガウ（んほおおおおおおおお！　とは、どういう意味の言葉なのでしょうか。浅学ゆえ、意味をご教授いただければ光栄なのですが――）」

「ガオン！（黙れ小僧！（三回目））」

04 魔狼と魔猫が出会った！と思ったらハイカロリーランチだった！

「きゅーんきゅーん（王よ、本当にお供はここまででよろしいのですか……？）」

「わん（はよ行け。お前の姿を見られる方がまずいんだっつの）」

まだ名残惜《なごり》しそうにこちらを振り返る黒い狼を、しっしっと送り返す。

用があるときはまた呼び出すという約束をし、俺はガロと別れた。

頑張ってこれからも森の平和を守ってくれい。

君たちは働き、俺はお屋敷で食っちゃ寝をする。

これぞＷｉｎ‐Ｗｉｎの関係。

え？　違う？

違うか。

「わふー（あー、疲れた。いや別に体は疲れてないけど、久々に労働したから精神が疲れた）」

空が白み始めたとはいえ、時間はまだ深夜だ。

早く寝床へ戻るとしよう。

汚れてはいないと思うが、一応体を振ってホコリを落としておく。

こっそりお嬢様の部屋へ戻ると、お嬢様はすやすやと眠っていた。

「くぅん……（ただいま戻りましたー……）」

小声でつぶやき、お嬢様の隣へ潜り込む。

お嬢様の体温で暖まったベッド、ふかふかで最高です。

「ふみゅ……ロウタ……？」

「くんくん（ただいまですよ、メアリお嬢様）」

「んん、毛がなんだか冷たいですね……お出かけしてたんですか……？　駄目ですよ、夜はちゃんと寝なきゃ……ふぁぁ……」

「くぅん（分かってますって、お嬢様。さぁさぁ、もう一眠りしましょう。ぎゅってしていいですから）」

「くにゅ……ロウタはモフモフですねえ……」

毎日お風呂に入って、しっかりブラッシングしてますからね！

お嬢様とメイドさんが！

「……なんだか……ソーセージの匂いが……します……。ロウタだけ……ずるいです……くぅ……」

もっふもふの俺の胸に顔を埋《うず》めて、お嬢様はすぐに寝息を立て始めた。

「くぁぁぁぁぁっ（あー、しかし疲れた。明日は本格的に食っちゃ寝しよう。念入りに食っちゃ寝しよう）」

俺は大きくあくびをして、枕に頭を預けると、すぐに眠りへと落ちていった。

† † †

「えーい！」

「わんわん！（ふははは、余裕！　余裕ですよ、お嬢様！）」

メアリお嬢様が放り投げたボールを、俺はダッシュで追いかけて、空中でキャッチする。

今日も女剣士ゼノビアちゃんが帰ってこないので、俺たちはおとなしく中庭で遊ぶだけだ。

「わんわん！（へいへいへーい！　ピッチャービビってるぅ！）」

ボールをくわえてお嬢様のところへ駆け戻る。

めっちゃ楽しいわこれ。

尻尾もブンブン振るわ。

それにしても見てくださいよ、純真に遊ぶこの俺の姿！

どこからどう見ても、犬！　なのではなかろうか！

魔狼《まろう》王フェンリルなんて物騒な存在はどこにもいなかったんや！

「ロウタ、すごいです！　速いです！」

「わん！（せやろ！　もっと遠くまで投げてええんやで！）」

「行きますよー。とりゃー！」

「わん！（ふははは、超加速ー！）」

ばひゅんと駆け抜けると、つむじ風が巻き起こった。

お嬢様がスカートと髪を押さえて笑う。

「あはは！　ロウタ、すごいです！」

「わんわーん！（ボール投げ、たのしーい！）」

俺は加速したままに跳び上がり、高くボールをキャッチした。

着地して、てってこ駆け戻る。

「ふふー。ロウタはお利口さんですねえ」

「わんわん！（せやろせやろ！　もっと褒めて！　もっとなでて！）」

お嬢様の柔らかい手が、俺の頭を優しくなでる。

むふー、至福のひとときである。

ボール取ってくるだけで可愛《かわい》いお嬢様に褒めてもらえるとか、前世じゃいくら払っても不可能だったプレイじゃぜ。

「お嬢様ー！　お食事の用意ができました。そろそろお戻りくださーい！」

声の方を見ると、若いメイドさんが屋敷から手を振っていた。

あ、先輩のメイドさんに、ちゃんとそばまで行って呼んできなさいって怒られてる。

「あっ、もう終わりですか……。もっとロウタと遊びたいです」

「くーんくーん（俺もお嬢様ともっと遊びたいですぜ……。でも昼メシも大事！　食べたら木陰で読書しましょうよ！　俺が極上の背もたれになりますから！）」

しょんぼりするお嬢様の周りを駆け回って、なぐさめる。

「分かりました。お昼ごはん食べたらまた一緒ですよ」

「わん！（はい喜んでー！）」

俺はお嬢様を見送って、その足でキッチン裏へダッシュで向かった。

†　†　†

「がっふがっふ！（うっま！　これうっま！　肉はあんま入ってないけど、これうっま！）」

「がはは、美味《うま》いか！　お前は好き嫌いしねえで、何でも美味そうに食うなぁ！」

おっさんが上機嫌で、俺の頭をわっしわっしとなでる。

今日のメニューはベーコンと野菜モリモリのキッシュだ。

ザクザクのパイ生地の上に、これでもかとぎっしりと具が敷き詰められ、生クリームたっぷりの卵がしっとりとそれらを包んでいる。

オーブンでじっくり焼き上げられ、きつね色の焦げ目がついた表面は、もはや黄金のパイ平原。

パイ平原ってなんだろう。

自分で言ってて意味が分からなくなってきた。が、それぐらい美味いってことだ。

「わんわん！（おっさん！　これすげえうめえよ！　特にほうれん草がたまらねえ！）」

「肉や魚は、うまくやれば熟成できるんだが、野菜だけは新鮮なやつが一番うまいからなあ。ぜんぶ俺が畑で作ってるんだぜ」

「わ、わふう⁉（す、すげえ！　おっさん畑仕事まで出来るのかよ！）」

完璧超人かよ！

どこまでも妥協しない男。マスターシェフ・ジェイムズ。

痺《しび》れるぜ。憧れるぜ。

「わんわん！（おっさん最高！　おっさんおかわり‼）」

「やれやれ、おめえは日増しに食う量が増えていくなぁ……」

おっさんはぐるりと肩を回し、キッシュを切り分けに戻っていく。

なんやかんや言いながら、好きなだけ飯を作ってくれるおっさん、大好きです。

ヨダレが垂れそうになるのをこらえながら、俺は尻尾をぶんぶん振ってキッシュのおかわりを待つ。

その時だ。

「見　つ　け　た　ぞ　」

地獄の底から響くような声が聞こえたと思ったら、頭を後ろからわしづかみにされた。

「来い！」

「わ、わふっ⁉（そ、その声は⁉　へっぽこ剣士のゼノビアちゃん⁉）」

†　†　†

俺とゼノビアちゃんは、中庭の人気《ひとけ》がない場所で対峙《たいじ》していた。

うーん、凄《すさ》まじい既視感。これは天丼の予感がする。

「今日はあの時のようにはいかんぞ！」

そう宣言して、ゼノビアちゃんは腰の剣を抜き放った。

「これは、前の剣の十倍の値で買った名剣だ！　なんとあの大鍛冶《かじ》師ガンチェ・リゥの鍛えた剣なのだぞ！　凄《すご》いのだぞ！　商人が偶然手に入れたものを譲ってもらったのだ！」

「わふぅ……（へー……。そりゃ良かったねー）」

「な、なんだ、そのやる気の無さは……？」

「ぷいっ（美味《おい》しい昼食を途中で邪魔されて、不機嫌にならんやつがいると思うてか）」

ていうかさぁ、ゼノビアちゃんさぁ。

お嬢様を守るとか言いながら、一番大事なときにいなかったわけだけど、その辺どうなの？

今のゼノビアちゃん、ペット以下だよ？　やる気あるの？　ないなら帰っていいよ？

当家の穀潰《ごくつぶ》しは、俺だけでいいんだよ？

「な、なんだ、その呆《あき》れ果《は》てたような目は……？」

「くわぁぁっふ」

うろたえるゼノビアちゃんに、俺はつまらなそうに大きなあくびを返してやる。

「わんわーん（どうせ、その剣も偽物なんでしょ？　いいからとっととかかってきなさいよ。ぽきーんてへし折ってあげるから、ぽきーんて）」

「き、貴様ぁ……！　私を愚弄するか……！」

「わーん？（え？　なに？　おこなの？　おこなの、ゼノビアちゃ〜ん？）」

「ぐっ、ぐぬぬ……！　もう生かしてはおけぬ！」

半泣きになりながら、ゼノビアちゃんは剣を大上段に構えた。

そしてその姿が、掻《か》き消《き》える。

「わふ（え⁉　うそ⁉　速い⁉）」

一直線に突っ込んできたその動きが、まったく見えなかった。

「はぁぁぁぁっ‼」

裂帛《れっぱく》の気合を込めて、ゼノビアちゃんが剣を振りかぶる。

剣先がブレたと思ったら、もう刃《やいば》が脳天に迫《せま》っていた。

「わ、わふー！（やっべえ！　やっぱなし！　さっきのなしで！）」

ゼノビアちゃんの神速の振り下ろしは、俺の頭蓋骨を正確に捉え、真っ二つにした。

剣を。

「あああああ……!?」

ひゅんひゅんと回転しながら剣は飛んでいき、花壇の茂みへ消えていった。

「わ、わふ……（ちょ、ちょっとちびっちまった……）」

なんちゅう振りじゃ……。

これ、剣が本物だったら、俺、死んでたんじゃないの……？

もしかして、ゼノビアちゃんって本当は強いのか……？

「ぐ、ふぐ、ううう……！」

と俺がビビっていると、ぽたぽたと雫《しずく》が頭に落ちてきた。

見上げると、そこには美麗な顔を子供のようにクシャクシャにしたゼノビアちゃんがいた。

「わ、わふん!?（な、泣いとる!?　ガチ泣きやこれ！）」

「わ、私の剣が、通じないなんてぇ……！」

顔をゆがめて、ぼろぼろと泣くゼノビアちゃんは、剣を取り落として、顔を手で覆ってしまった。

「く、くーんくーん（ご、ごめんよ、ゼノビアちゃん。でも、ゼノビアちゃんも悪いねんで……。そんな偽物の剣、買ってくるから……）」

「う、うるさい！　私を慰めるにゃ、な、慰めるな！　貴様が本性を隠しているのは分かっているんだからなぁ！」

噛《か》んじゃうところがあざといゼノビアちゃんは俺を振り払うと、そのまま走り去ってしまった。

「くーん（やれやれ……。まぁ、食客《しょっかく》としてこの屋敷に招かれてるとはいえ、現状なんの役にも立ってないからな……。ああなるのも仕方ないか……）」

プライド、ズタズタやね……。

俺はゼノビアちゃんが捨てていった剣のもう半分を拾って、茂みに放り込む。

証拠隠滅完了。

さぁ、とっとと帰って、メシの続きにしよーっと。

† 　　† 　　†

「わんわん！（うー、キッシュキッシュ！）」

今、キッシュを求めて全力疾走してる俺は、お屋敷で飼われるごく一般的な犬。

しいて違うところを挙げるとすれば、口からビームを吐けるところかな。

そんなわけで、俺はキッチン裏にある自分の皿のところまで戻ってきたのだ。

ふと見ると、俺の皿に顔を突っ込んでいる先客がいた。

「わんっ⁉（ウホッ！　侵入者⁉）」

「にゃ〜ん？（あらぁ？　これ、あなたのご飯だったの？）」

皿に顔を突っ込んでいた侵入者が、俺に気づいて顔を上げた。

猫だった。

血のように紅《あか》い色をした、美しい毛並みの猫だった。

なんと、この世界の猫は毛が赤いのか。

紅い猫はこちらを振り向くと、ぺろりと舌なめずりをした。

翡翠《ひすい》色の瞳を細めるその仕草は、妖艶な美女が笑うような艶《あで》やかさがあった。

「にゃー（あなた、とっても良いものを食べてるのねえ。あまりにいい匂いがするものだから、私ったらつい……）」

「わ、わん！（わ、ワイのキッシュー！）」

めっちゃ楽しみにしてたのに！

どいひー！　どいひー！

ちょっとでも残っていないかと思って、皿に顔を突っ込むが、そこにあったキッシュは、きれいに平らげられてしまっていた。

「にゃー（ふふっ、ごちそうさま）」

妙に扇情的な動きで、紅猫は長い尻尾をくねらせる。

う、可愛《かわい》い。

なでたい。めっちゃなでたい。頰《ほお》ずりしたい。

こ、こいつ、この俺を前にして、なんて高いモフり力をしてやがる……！

あ、いや、違う。ごまかされるな！

「わんわん！（謝ったって許さんど！　返せ！　返せよ！　俺の昼メシ！　キッシュ！　楽しみにしてたキッシュ！）」

わんわん吠《ほ》えながら、前足で地団駄を踏む。

「にゃーにゃー（待って待って。勝手に食べたことは謝るわ。ごめんなさい。だから、私もお詫《わ》びに今度美味《おい》しいものを持ってくるから。それで許してくれないかしら）」

「わんわん（……えー。猫がぁ？　美味しいものとか言って、ネズミの死体とか持ってこない？）」

「にゃー（あら、失礼ね。流石《さすが》にここまで美味しいご飯は作れないけれど、お菓子作りにはちょっとした自信があるのよ）」

「わん（お菓子か……）」

「にゃー（あら、甘いものはお嫌い？）」

「わん！（大好きです！　じゅるり！）」

しかし、どうやって猫の手でお菓子を作るんだろう。謎である。

ていうかこの猫、どこからやってきたんだろう。

野良猫にしては妙な色気というか、気品がある。

「にゃーん（あら？　貴方《あなた》、よく見たら、ずいぶんと面白い魂をしているわねえ）」

俺を観察する翠玉《すいぎょく》の瞳が、妖しく細められた。

「わ、わふっ！（な、なんだよ⁉　どこもおかしくないよ！　犬！　ボクは犬です！　どこからどう見ても犬でしょ⁉）」

「にゃー（いえ、どこからどう見ても犬には見えないけれど……。まぁいいわ。私、あなたのことが気に入ったの。お友だちにならない？）」

「わふっ⁉（友だち⁉）」

と、友だちか。唐突だな。

友だちなんて前世では、長いあいだ縁のないものだった。

トイレ飯。机に突っ伏すだけの休み時間。はーい二人組作ってー。

うっ、ううっ、心が痛い。前世を思い返すのはもうやめよう。

友だちといえば、ガロたちとも仲良くしたいと思っているが、あいつら自分のこと家来か何かだと思ってるしな……。

「わん（べ、別にいいけど……。お前、猫だろ？　犬と仲良くしていいのか？）」

「にゃー（あら、お友だちになるのに、種族なんて関係あって？　それに私、猫ではないわ）」

いや、猫だろ。

真紅の毛並みは珍しいが、どこから見ても猫にしか見えない。

「にゃーん（自己紹介させていただくわ。私はフェルトベルクの森の魔女、ヘカーテ＝ルルアルスと申します。以後、お見知りおきを）」

そう名を告げて、紅猫は優美に一礼した。

魔女？

魔女だと。

魔物に続いて、今度は魔女と来た。

「…………」

しばし猫を観察して気づく。

あ、分かった。こいつあれだ。痛い子だ。

自称魔女、の猫か。

理解した。

「わん（俺はロウタ。この家のペットだ。そして、犬だ）」

「にゃー（なぜそんなに犬であることを強調するのか分からないけれど……。ロウタね。ふふっ、名前まで興味深いわ。よろしく、ロウタくん）」

紅猫ヘカーテはふわっと跳び上がると、近くの木の枝に着地した。

跳んだというより見えない力で浮かび上がったような、重さを感じさせない不思議な動きだった。

「にゃー（じゃあ、また会いましょう。ロウタくん）」

笑うように、妖しく目を細め、ヘカーテの姿が煙のように霞《かす》んで消えた。

「わふ!?（お、お化け!?）」

お化けでお菓子作りが得意で自称魔女のなんかエロい猫？

属性モリモリだな、おめえ！

俺はそんな怪しい猫と、その日をもって友だちになったのだった。

† † †

ある夜中のことだった。

相変わらず昼寝しすぎた俺は、お嬢様に添い寝したまま、窓から見える月をぼーっと見上げていた。

遠吠え欲求はない。

どうやらあれは満月のとき限定みたいだ。

と、珍しく反対側の棟に灯りがついている。

「わふ……（あの部屋は、パパさんの書斎か）」

こんな時間まで起きてるとか珍しいな。

ちょっと挨拶しに行こうかな。最近仕事が忙しいのか、会ってなかったし。

久々にもふもふしてもらおう。

俺は男だって気にせずモフらせちゃうんだぜ。

抱きついてくるお嬢様の腕からするりと抜け出ると、足音をさせぬよう静かに部屋を出る。

もうこの時間になると、夜回りをしているメイドさんもいないな。

いつもなら盗み食いするタイミングなんだが、こないだのソーセージの件でおっさんが警戒している節がある。

ちょっと間を空けよう。

なんてことを考えながら廊下を進み、反対側の棟へ移り、階段を登って二階へ。

右に曲がってその先が、パパさんの書斎だ。

「くーんくーん（パパさーん。いますー？）」

ドアを前足でぽんぽんとノックすると、すぐにパパさんが出てきた。

「おや、ロウタじゃないか。お前も眠れないのかい？」

パパさんの頬がほんのり赤い。

アルコールの匂いも少しした。

晩酌中だったのか。

「まあいい。入りなさい」

パパさんの書斎は本でいっぱいだ。

たくさん勉強してるんだろうなぁ。

大商家なパパさんがどんな仕事してるのかは、まったく知らないんだけども。

「お前も飲んでみるかね？」

そう言うと、パパさんは煌《きら》びやかなロックグラスを棚から取り出してきた。

机においてあった瓶のコルクを絞って開けると、口を傾ける。

琥珀色《こはくいろ》の液体がトットッと小気味よい音を立てて、グラスに注《つ》がれていった。

「まぁ、試してみなさい」

パパさんったら、動物にアルコールを飲ませるなんて、いけないんだー。

飲むけどな！

俺、犬じゃないし！　いや、犬（自称）だけども！

床に置かれたグラスの琥珀をぺろりと舐《な》める。

「わふー……（ふわー……うまー……なにこれー……。銀座で上司に奢《おご》ってもらった一杯一万のウイスキーより断然美味《うま》い……。ほわほわするー……）」

どれだけ熟成させれば、こんなに角の取れた深みのある酒になるんだろう。

これめっちゃ高いやつやで。超高級酒やで。間違いないで。

俺は琥珀色の酒をゆっくり味わいながら飲み干した。

「うむ、お前はいける口のようだな。つまみも食べるかね？　ジェイムズが寝る前に焼いてくれたものだが」

小皿に載せて差し出されたものの匂いを、俺はくんくんと嗅ぐ。

そのとたん、芳醇《ほうじゅん》な蜂蜜とチーズの匂いが、鼻を幸せいっぱいにした。

「わふぅ……！（あー、これ絶対うまいやつー！）」

それは白カビに覆われたチーズをじっくりと炙《あぶ》ったものだった。

外側はカリッと固く焼いてあるのに、切り分けられたところから見える中身はとろりとしたチーズが今にもこぼれそうに震えている。

その上からふんだんに蜂蜜がかけられ、アクセントに粗く挽《ひ》いた胡椒《こしょう》がぱらりと振られている。

食べる前から分かる。

これ絶対うまいやつだ。

「わん！（いただきまーす！）」

俺は舌で巻き取るように切り分けられたチーズを食べると、もしゃもしゃと咀嚼《そしゃく》する。

「わふー！（甘《あ》んまあああああい！　ピリッとしてて、かつ甘んまあああああい！　後から抜けてくるチーズのしょっぱさと香りがサイコー！　うひょおおおおおお‼）」

俺はつまみの美味さに有頂天になった。

チーズの風味が舌に残っているうちに、また注いでもらった琥珀色の美酒を舐める。

「わふぅ……(なにこれぇ……たまらなぁい……。楽園《パライソ》か……。ここがパライソってやつなのか……)」

「くっくっ、これは良い飲み仲間が出来たものだ。近頃は誰も酒に付き合ってくれなくてな。お前がきてくれて嬉《うれ》しいよ、ロウタ」

パパさんは少し疲れた顔で微笑《ほほえ》むと、自分も琥珀酒とつまみに手を伸ばした。

「少し前のことなんだが、夜中に凄まじい轟音《ごうおん》が森の方から聞こえてきたのだ」

と、ふいにパパさんがつぶやいた。

「わぐ(んぐむ……⁉)」

思い当たるフシがありありの俺は、思わず酒を噴き出しかける。

「だが、私以外に聞いたものがいなくてな。聞き間違いだといいのだが、少し心配になってな」

「わ、わん(そ、そっすか。不思議っすね……)」

それ多分あれだわ。

ビームで迷宮ぶっ壊したときの音だわ。ビームだけじゃなくて、迷宮が崩れるときの音も相当だったもんな。

「こうして、音を聞いた時間まで起きるようにしているのだが……。ロウタ、お前はなにか知らないかね？」

「わ、わふん？（さ、さあ。何のことやら……）」

俺は空とぼけて、無垢《むく》な瞳でパパさんを見つめ返した。

「…………」

「…………」

じいっと俺たちは見つめ合い、しばらくして、パパさんは椅子の背もたれにどっかと体を預けた。

「はっはっは、何を言っているんだろうな、私は」

ひたいに手を当てて、パパさんは楽しそうに笑っている。

「お前が知っているワケがない。どうやらかなり疲れているようだ。結局あの音もあれから一度もしなかった。やはり私の杞憂《きゆう》のようだ。これを飲んだら、もう寝るとしよう」

「わ、わんわん（そ、そっすよ！　それがいいっすよ！　寝て！　寝てそして全部忘れて！）」

パパさんの代わりに、俺の酔いが覚めちまったよ。

その後、俺たちは美味《おい》しい酒とつまみに舌鼓を打った後、灯りを消してその場で別れた。

ちなみに、つまみでは量が足りなかったので、結局キッチンに忍び込んで、あれやこれや失敬した。

安心してくれ。即日おっさんにバレたぜ。

† † †

その日、俺は頭をわしづかみにされていた。

「ロウタよ。なぜ俺が怒っているか、分かるか？」

顔を背けようとしても、身動き一つ取れない。

別に強くつかまれているわけじゃない。

気迫だ。気迫が違う。

「いや、言わずとも分かっているはずだ。お前は賢いからな」

ジェイムズのおっさんの顔が近い。

怒っている。どう見ても怒っている。

こ、怖え！　ゼノビアちゃんより断然怖ええええ！

「わ、わふん（な、何のことかな!?　俺、なにも知らないよ!?）」

「そのハムくせえ口が何よりの証拠よ！　おめえどうすんだ、食料庫の保存肉ぜんぶ食っちまいやがって！　街から次の食材が届くまでまだ三日あるんだぞ⁉」

は、はわわ！

うちの食糧事情って、そこまで余裕なかったの⁉

「旦那様やお嬢様の食事の質を落とすわけにはいかねえし、使用人にだってたっぷり食わせてやりてえ。もちろんお前もだ！　この俺がいる限り、屋敷の誰も飢えさせやしねえ！」

「わ、わふっ（お、おっさん……！）」

か、かっこいい。

めちゃくちゃかっこいい。

惚《ほ》れるわ。むしろもう完全に惚れ直したわ。

「だからな」

おっさんはニカッと笑って、俺の頭をポンポンと叩《たた》いた。

「お前が肉を調達してこい」

「わん？（……は？）」

「言うだろう。働かざる者食うべからずって」

「わんわん！（そのことわざは、ペットには適用されないと思います！　ペットは可愛《かわい》がられるのが仕事！　つまり俺はめっちゃ働いていると言えるのではないでしょうか！）」

ぎゃんぎゃんと吠《ほ》え立てるが、おっさんは意に介さない。

「ちなみにだが、今日のお前さんの朝飯はこれだ」

俺専用の大皿が置かれる。

が、そこにはいつもの美味しい料理はなかった。

「わふっ⁉（え⁉　これだけ⁉）」

大きな皿には、肉の欠片《かけら》が一切れだけ。焼いた肉はあまりに小さく、一口でなくなりそうな量だった。

「冗談抜きで食材が少ない。お前の盗み食いがあまりにも多いんでな。想定していたより食材が減っちまってるんだ。残り三日は野菜と保存肉でなんとかするつもりだったんだが、それもお前が昨日食っちまった」

「わうっ（ぐはっ⁉）」

おっさんの言葉が罪悪感となって俺に突き刺さる。

「野菜はある。小麦もある。だが肉がねえ」

おっさんは、ぐっと握った拳を俺の胸に押し付ける。

「男なら責任を取れ。もっと肉が食いたければ、自分で狩ってくるんだ。持って帰ってきたら、俺が調理してやる。どうにかして獲物を仕留めてこい。大丈夫、お前ならできる。野生の本能を取り戻せ！」

「わんわん！（いやいやいやいやいや！　無理むり無理むり！　野生も何も、元社畜の現ペットっすよ俺！　野生の獣だった瞬間なんて一度たりともないよ⁉）」

「征《ゆ》けい！　ロウタよ！　肉を獲《と》ってくるまでメシは抜きだ！　これは冗談じゃなくてマジだ！　俺も昨夜から食ってない！　腹減った！」

「きゃいいいん‼（ええ⁉　おっさん、メシ食ってないの⁉　そんなん言われたら行くしかないじゃん！　やだあああああああああああああ⁉）」

† 　† 　†

「気をつけてなー！　大物、仕留めてこいよー！」

「わふー……（へーい……）」

手を振って見送るおっさんに、しおれた尻尾を力なく振る。

俺はうなだれたまま、おっさんの期待を込めた視線に押し出されるように、屋敷を旅立った。

「くーん（はぁ、どうすんべ……。狩りなんてやったことあるわけないし……）」

俺はとぼとぼと力なく歩き続け、ふと思いついて顔を上げる。

「わん！（あ、そうだ！　こんな時こそ、あいつらがいるじゃん！）」

俺には心強い味方がいたことを忘れていた。

狩りのプロフェッショナルたちだ。

「ワォォォォォォォォォォォォォン！（ガロー！　ガロちゃーん！　いるー⁉　いるなら来ってー‼）」

遠くへ届くように、俺は高く遠吠えする。

「ガウッ（はっ、ここに！）」

俺の背後から、黒い狼《おおかみ》がぬっと顔を出した。

「わふっ⁉（ほわっ⁉）」

いつの間に⁉

「わんわん！（早い！　出てくるまでが早いよ！）」

「ガウ（王が出立したときより、常に控えておりましたので）」

え、なにそれストーカー？

見れば、ガロの後ろに数匹の狼が控えている。

集団ストーカーだった。

「わんわん！（あと、お前、顔怖いんだから、いきなり現れるなよ。びっくりしただろ）」

「ガ、ガウ……（こ、怖い、ですか……）」

俺の何気ない言葉に、ガロはひどく傷ついた顔をして、うつむいてしまった。

「ガウガウ！（恐れながら！　王よ！）」

ガロの後ろに控えていた狼たちの一匹が、一歩前に出てきた。

「ガウガウ！（バルと申します！　王よ！　こちらのガロ様は、我ら氏族の中でも一番の美姫《びき》！　女性に対し、かような言い草はあまりにも……！）」

「ガウッ（控えよ、バル。王よ、私の部下が失礼をいたしました。醜い顔をお見せしてしまい、誠に申し訳ありませ――）」

「わん？（えっ、ガロ。お前って、雌《メス》だったの⁉）」

「ガフッ（はうっ……！）」

胸をぐさりと刺されたように、ガロは地に伏した。

「ガウウウウ！（お、王陛下ぁぁぁぁぁっ⁉　あまりにも！　あまりにもご無体なお言葉ぁぁぁぁぁっ！）」

老練な気配漂うバルが、かばうように吠えたける。

「ガウガウ！（ガロ様ほど美しい狼など、この世のどこにも存在いたしませぬぞ！　王陛下にはガロ様が男に見えると仰せられるのですか⁉）」

ううむ、そうなのか。

ガロは顔を背けて、きゅーんきゅーんと悲しげに鳴いている。

俺はその姿を見やって、素直な感想を告げる。

「わん（そんなん言われても、俺、お前らの顔とか見分けつかんし……）」

「ガウゥゥゥゥゥゥゥッ⁉（王陛下ぁぁぁぁぁぁぁぁぁぁぁぁぁっ⁉）」

ツバを飛ばして、バルが狂乱する。

ちょ、汚い。

「わん（い、いや、だって、俺、ケモナーじゃないし……）」

「ガウ？（け、ケモ、ナ……？）」

ケモナーとは獣をこよなく愛する紳士のことだよ。

俺は違うが。

「……ガウ……ガウ……（よい。よいのだ、バル。王よ、お見苦しい姿をお見せして申し訳ありませぬ。御用の際は離れてお伺いしますので、平にご容赦を……）」

ヨロヨロと立ち上がったガロが、頭を下げる。

「わ、わんわん（あ、いや、全面的に俺が悪い。悪かった。俺はそういう美醜がまったく分からないんだ。お前のことを悪く言ったつもりはなかった。……ごめんな、ガロ）」

「ガウ……（い、いいえ、いいえ。そんな。こちらこそ、取り乱してしまい、申し訳ありませんでした）」

俺の謝罪を受け入れてくれたのか、ガロはふたたびピンと背筋を伸ばして、俺の前におすわりした。

「ガウッ（改めまして、王よ。此度《こたび》は我らに何か御用命でしょうか）」

先程のやり取りは流されたようだ。

「わん（いや、それがさー。恥ずかしいんだけど、ちょっとお願いがあってさー）」

俺は照れくさくなって、鼻を舐《な》めながらガロに話しかける。

「ガウッ（はっ、もしや森を出て、人間どもの国へ侵攻を⁉　ついに征伐のご命令でしょうか！）」

「わんわん！（違う！　違う違う！　違うからね！　やらないから！）」

「ガウ……（左様ですか……）」

なんでちょっと残念そうなんだよ……。

やっぱこいつら根が物騒だなぁ……。

「わん（実はさ、厚かましいお願いなんだけど）」

「ガウ（はい）」

「わんわん（ちょっと、狩りを手伝ってもらえんかね？　手伝うっていうか、狩ってきてくんない？　俺の代わりに）」

狼たちに任せて、俺は楽して獲物だけゲット！

見よ。これが俺の考えたパーフェクトプランだ。

他力本願こそ、我が信条！

「ガウ……！（お、おお……！　それは素晴らしい！）」

ガロは感動したように声を上げた。

「ガウガウ！（皆《みな》！　喜べ！　王陛下が、我らに狩りをご指導くださるそうだぞ！）」

「わん⁉（え⁉）」

いやいや！　ちゃんと俺の話、聞いてた⁉

狩るのは君たち。食べるのは俺。

これでしょ⁉

「「ガウガウガウ！（王よ！　王よ！　いと強き王よ！）」」

いつの間にか増えていた狼たちが輪唱する。

「わ、わん!?（え!?　ちょ!?　まっ!?）」

「ガウッ（さあさあ、王よ、こちらへ。実は厄介な魔物が発生しておりまして。丁度よかった。ぜひ王の手並み、我らに拝見させてください！）」

「わん!?（ガロ!?　ガロちゃん!?　怒ってる!?　もしかしてめっちゃ怒ってる!?）」

「ガウガウ（いえいえ、まさかそんな。私が王へ怒りを向けるなど、そのような不敬を申すはずがありません）」

「わんわん（いやでも、……怒ってますよね？）」

「ガウ（いいえ、まったく怒ってなどおりません。私はただ、王の勇姿を拝見したいだけなのです）」

「わんわん！（嘘《うそ》だ！　絶対さっき言ったこと怒ってるんだ！）」

あかん！　こいつ、根に持つタイプだ！

「ガウ（さあ、王、参りましょう。我ら一同、王のお手並みを心より拝見させていただきます）」

「きゃいいいいいん!?（やだあああああ！　これ凄《すご》いのと戦わされるやつだああああああ!!）」

俺は半ば引きずられるようにして、狼たちに連行されるのだった。

† † †

「フゴォォォオォォオォォォォォォッ!!」

森が蹴散らされていた。

その巨体が走り抜けた場所には、一本の植物さえ残らない。

木々は爆散し、花は散らされ、草は踏み潰された。

それは巨大な、肉の砲弾だった。

「ガウ……(これは、なかなか食べごたえがありそうですね)」

じゅるりと狼たちがヨダレをすする。

ええっ、この惨状を見た感想がそれ!?

危機感すらないガロたちに、俺はドン引きする。

「ブルルルルッ!!」

鼻から蒸気を吐いて、巨大な肉塊が頭を振った。

硬い毛皮にからまっていた木片が、あたりに散らばって落ちる。

それは、一頭の巨大なイノシシだった。

ちょっとやそっとの大きさじゃない。

重さは余裕でトンクラスはあるだろう。

牙は剣より長く反り返り、下顎から四本も突き出ている。

目ヤニの溜《た》まった瞳は怒りで充血し、周囲の狼たちを轢《ひ》き殺してやろうと狂気に染まっていた。

大きい。とにかく大きい。

俺も結構なサイズのはずなんだが、その俺が限界まで見上げなければならないところに、筋肉で隆起した背中がある。

ちょっとした民家ぐらいの大きさはあるぞこれ。

そんな巨大な質量が高速で突進する。

悪夢のような光景だ。

当たれば、いかな魔狼たちでも木っ端微塵《こ　ぱ　み　じん》だろう。

「ガウッ（当たらなければいいのです）」

ガロの言うとおり、狼たちに焦りはなかった。

イノシシを取り囲む狼たちは、一定の距離を保ったまま、挑発するように吠《ほ》えたける。

巨大イノシシは怒りのままにそこへ突進するが、素早く横っ跳びに回避した狼には当たらない。

代わりに木々がその身を爆散させる。

うむ、清々《すがすが》しいまでの自然破壊。

これずっと続けたら、すぐに更地になっちゃうんじゃないの？

「わんわん（しかしこれ、どうやって倒すんだ？）」

狼たちに損害は出ていないようだが、この巨体を前に決定打が欠けているようだ。

「ガウガウ（この手の魔物は頑丈ですので、このまま暴れさせ続けます。我らはその気になれば寝ずに三日は走り続けられますので、やつが疲れ果てて動けなくなったところを全員で鼻や口へ噛《か》み付《つ》いて窒息死させます）」

「わん（へ、へー。やるねえ……）」

やべえ、超実践的。

情け容赦の欠片《かけら》もない。

息できなきゃ、そりゃ大抵の生き物は死ぬわな。

よく見たら、挑発する順番も計算されていて、一定の範囲からイノシシが出ないように調整されている。

暴威の塊としか思えないイノシシが、完全に手玉に取られていた。

「ガウ（この様子ならば、仕留めるまで丸一日あれば十分かと）」

すげえ、こいつら。プロだ。プロの狩人《かりゅうど》だ。

「ガウ（では、王よ）」

「わ、わん（は、はい⁉）」

「ガウッ（どうぞ！）」

何が⁉

「ガウ！（皆、道を開けよ！　王陛下が魂魄穢《こんぱくけが》れしものを討伐なされる！）」

ガロの声に反応して、ざあっとイノシシの包囲が解かれた。

道を作るように狼《おおかみ》たちは左右に並び、俺とイノシシの視線が交差する。

「ガウッ！（魔を帯びるのではなく、魔に侵された矮小《わいしょう》なる豚が！　喜べ！　王陛下が滅ぼしてくださるぞ！）」

ちょっとちょっと、ガロ⁉　ガロちゃん⁉

なんでそんな余計な挑発するの⁉

イノシシさん、めちゃめちゃ怒ってるじゃん！

前足で地面をガリガリ削って、スタートダッシュに備えてるじゃん！

「ガウ（お膳立ては整いましたぞ、王よ。思う様、蹂躙《じゅうりん》なさってください）」

無茶言うなや！

さっきの仕返しでやってるのかと思っていたら、ガロの尊敬に満ちた眼差《まなざ》しはいたって本気だ。

心の底から、俺がイノシシを瞬殺すると信じている。

そんな信頼いらない！

疑え！　もっと俺の強さを疑えよ！　その上で保護しろ！

流石《さすが》にあんなのに撥《は》ねられたら死ぬぞ。ゼノビアちゃんのへっぽこ剣とはワケが違う。

おかしい！　この状況は絶対におかしい！

お屋敷で食っちゃ寝しながら、甘やかされて生きていくはずだったのに！

なんで俺は、こんなところでモンスターハントしてるんだ！

帰りたい！

帰って、ご飯食べて、お昼寝したい！

でもそのご飯がない！

戦いたくないと駄々《だだ》をこねれば、ガロたちが代わってくれるかもしれないが、こいつらの戦い方だと丸一日かかるって話だ。

それじゃ遅すぎる。

俺は今にも腹が減って倒れそうなのだ。

こいつを今すぐ仕留めて持ち帰る。

そんでジェイムズのおっさんに美味《おい》しく調理してもらうのだ。

それをやるには戦うしかない。

恐怖など、空腹の前には、無意味！

だんだんテンションが上がってきた。

そうだ。こいつは恐ろしい魔物なんかじゃない。

肉だ。極上の牡丹肉《ぼたんにく》だ。

想像しろ。

おっさんが調理してくれるであろう、極上の狩猟肉《ジビエ》の数々を……！

焼いてよし、煮てよしのコラーゲンたっぷりの牡丹肉が、おっさんの手で最高の料理に仕上がるんだぜ。

桃色の肉料理の数々、賞味しない訳にはいかんだろう！

じゅるり。

唾液があふれ出て止まらない。

喰《く》いたい。肉喰いたい。

いいぞ。だんだん、いけそうな気がしてきた。

食欲が恐怖を塗りつぶしていくぜ！

行け、マイボディ！　やつに新しい必殺技を見せてやれ！

「フゴオオオオオオオオオオオオオ!!」

俺の覇気を感じ取ったのか、巨大イノシシが一気に駆け出した。

土埃《つちぼこり》を上げて爆走してくる。

対して、俺はそこを動かない。

しっかと足を地に食い込ませ、姿勢を前傾にする。

いくぜ！　牡丹肉《イノシシ》！

必殺――――！

「ガロォン……（ちっさいビーム）」

説明しよう。

ちっさいビームとは一撃で何でも消滅させてしまう俺のビームをなんとかして弱められないかと試行錯誤した結果生まれた必殺技である気合を入れてかつ小さい声で吠えると細いビームを発生させられると判明したのだ（早口
俺の目的はイノシシの肉であって、消滅が狙いではない。

荒れ狂うイノシシよ。おとなしくその肉を置いて、逝くがよい。

俺の小さい咆哮《ほうこう》に合わせて、口から細いビームが放射される。

一直線に伸びた白い光芒《こうぼう》は、イノシシの額に当たった瞬間、その硬さを物ともせず、尻から突き抜けた。

「プギッ⁉」

一瞬で絶命したイノシシが、膝を折る。

そのまま倒れ込み、巨体で地面を削りながら、ゆっくりと俺の前で止まった。

「わ、わふ（や、やったぜ）」

「ガォォォォォッ！（素晴らしい腕前です！　さすがは我らが王！）」

控えていたガロが歓喜の雄叫《おたけ》びを上げる。

「「ガウ！　ガウ！　ガウ！（王よ！　王よ！　王よ！）」」

周りの狼たちがいつものように俺を称《たた》えて吠えまくる。

一方の俺は、それどころではなかった。

「わんわん！（あ、そうだ！　急がねえと！　時間がない！）」

「ガウ？（時間がない、とは、いったいなんのことでしょう？）」

ガロがきょとんと首を傾《かし》げる。可愛《かわい》いじゃない。

「わんわん！（おっさんが狩りに出る前に言ってたんだ！）」

『いいか、ロウタ。獲物を取ったらすぐに俺のところへ持って来い。獣は仕留めたらすぐに血抜きをしないと、一気に臭みが肉に移っちまうんだ。どうせなら美味《うま》い肉を食いたいだろう？』

はい、食いたいです！

しかし、ここまで大きな獲物をどうやって持って帰ろう。

引きずっていけるのか……？

「ガウ（おっさんとは、王を見送っていた人間のことですか。……そこまで運べばよろしいのですね）」

ガロがそう尋ねてきたので、俺は素直に頷く。

「ガウ！（皆、王のご命令だ！　迅速にこの獲物を運ぶぞ！）」

「「ガウ！（はっ！）」」

ガロの合図で、狼たちは一斉にイノシシの体の下へ潜り込み、息を合わせて立ち上がった。

「わん！（おお、すげえ！）」

十数頭の狼が力を合わせると、あの巨大なイノシシがあっさりと持ち上がった。

「ガウ！（行くぞ！　全速力だ！　王のご期待に応えよ！）」

「「「ガオオオオオオン！」」」

獲物を背中に載せた狼たちは吠《ほ》えたけり、風のように森を突っ切った。

†　　†　　†

「な、な、なんじゃこりゃああああああああああああっ⁉」

ジェイムズのおっさんが、山のようなイノシシを見上げて、驚愕《きょうがく》の叫びを上げていた。

キッチンの裏口を出た途端、こんなものが目の前に置かれてあったら、そうなるわな。

俺もおしっこチビる自信ある。

「ろ、ロウタ。おめえ、本当に狩ってきやがったのか。こんな大物を……！」

「わんわん！（せやで！　すごいやろ！）」

イノシシの横で俺は誇らしげに吠える。

まぁ、お膳立ては全部ガロたちがやってくれたんだけどな。

実際俺のやったことって、ビーム吐いただけっていう。

「よくこんな大物を倒せたな……。ウサギ一匹でも狩れたら、大金星だと思ってたんだが

「……」

おっさんがイノシシを見上げながら、俺の頭をわしわしとなでる。

「ガウッ！（貴様！　王の頭を軽々しく！　不敬であるぞ!!）」

「わう!?（あっ、ちょ、出て来るの早いって!?）」

俺の合図を待てず、イノシシの陰に隠れていたガロが飛び出してきた。

「うおっ、なんだ!?」

おっさんが驚いて後ずさる。

「わん！（くっ、予定変更だ。お前ら、みんな出てこい！）」

俺の声に答えて、ぞろぞろと狼たちが整列する。

その数、実に一五匹。

俺よりでかい狼たちがずらりと並ぶその光景は、壮観ですらあった。

「おわっ!?　な、何だおめえら!?　まさか、オオカ――」

今だ、みんな！

帰り道で練習したとおりにやるんだ！

せえのお！

「「ガ、わんわん！」」

「………。なんだ、犬か……」

驚かせやがってと、おっさんは額の汗を腕で拭う。

やったぜ！

心のなかでガッツポーズを取る。

おっさんのフシアナアイは健在だったようだ。びっくりするほどあっさり騙《だま》されてくれた。

「こいつら、みんなお前の友だちか、ロウタ？」

「わんわん！（せやで！　みんなで狩ったんやで！）」

「そうかそうか。全員でこんな大きな獲物を仕留めたんだなぁ」

整列する狼《おおかみ》たちへ、おっさんが近づいていく。

「ガウッ！（が、ガロ様！　お下がりください！　姫に気安く触るな、人間め！）」

ガロの頭をなでようとしたおっさんの前に、茶色い狼のバルが立ちふさがった。

「わんわん！（こら！　バル！　めっ！　おとなしくしなさい！）」

「ガ、ガウ……（お、王陛下……。か、かしこまりました）」

俺の制止の声に、バルが耳を倒してうなだれる。

「おっ、なんだ。お前もなでられたいのか？」

おっさんがバルの前にしゃがみこんだ。

大きな手が、バルの頭に乗せられる。

バルは鼻筋にシワを寄せて威嚇しようとするが、俺の命令があるので動けない。

「ガ、ガウ…… (誇り高き魔狼族の戦士たるこの私が……！　このような屈辱……！　くっ、殺せ！)」

「おー、よしよし。よく頑張ったなぁ。偉いぞー」

「ガ、ガウウ (や、やめろぉ……！　王のご命令がなければ、貴様など……！　貴様など……！　こ、こんなことで、この私が、人間になびくとでも……！　こ、こんな、こんなぁあふぁぁぁぁぁぁぁぁ……)」

頭から始まり、最後は両手で頬のあたりをわっしゃわっしゃとなでられたバルは、とろけるような声を上げて陥落した。

なでられるなんて初体験だろうしなぁ。

やつもまたモフモフされる気持ちよさに目覚めてしまったか……。

「しかし、こんなイノシシ、初めて見るぞ。まさか、魔物なのか……？」

立ち上がったおっさんは、イノシシの硬い毛皮に触れ、疑いの声を上げる。

「それにこんなにたくさんの犬……。お前らもどこから来たんだ？　森に住んでるのか？」

おっさんが考え込んでしまう。

くそう。せっかく誤魔化したのに、おっさんがまた疑い始めた。

このことをパパさんやゼノビアちゃんに報告されると厄介だぞ……！

「あらぁ、大丈夫よぉ」

──艶やかな女の声がした。

いったいいつからそこにいたのか、つばの広い三角帽子をかぶった女が、おっさんのそばに立っていた。

長い銀髪を尖《とが》った耳にかけ、おっさんに微笑む姿は、妖艶な魔女そのものだ。

「お、おお……！　ヘカーテさんじゃないか。そうか、もうそんな時期だったのか」

唐突に現れたエロい雰囲気のおねーちゃんは、どうやらおっさんの知り合いのようだ。

何かを納得したかのように、おっさんはしみじみと頷《うなず》いている。

ん？　ヘカーテ？　どこかで聞いたような……？

「この子たちは私のお友だちなの。だから、心配しないで」

「ああ、使い魔ってやつですか。なら安心だ」

「ガウガウ！（誰が、お友だちだ！　使い魔でもないぞ！　魔女め！）」

嫌悪もあらわにガロが吠えている。

ガロもこのねーちゃんと知り合いなのか。

なんだか仲が悪そうだが。

「わん（誰なん？　この人）」

ガロの隣に立って、小声で話しかけてみる。

「ガウ（森の西に住む長命種《エルフ》の魔女です。いつの頃からか勝手に家を建てて住み着いてしまいまして……。我らも追い出そうとしているのですが……）」

「わん（返り討ちにあってるってわけか）」

「ガウッ！（いえ！　決して敗北したわけでは！　ただ、この魔女は怪しげな幻術を使うのです。それにいつも惑わされてしまい……）」

「わん（ふーん。別にいいじゃん。住ませてやれば。そもそもここらの土地、パパさんのもんだし）」

飼い犬の俺としては、パパさんの権利を守る方向に動くぞ当然。

「ガ、ガウ！（そんな！　王よ！）」

「わんわん（ケチケチすんなって。こんな広いんだ。おっさんの知り合いみたいだし、ひとりふたり森に住むやつが増えたからって問題ないだろ。これは決定事項です）」

「ガウ……（かしこまりました。それが王のお望みであれば……）」

ガロは頭を垂れて承諾する。

なんかワガママばっかり聞いてもらって悪いな。

そのうち何かで返してやろう。

つーか、ガロが警戒するほど、このねーちゃんが悪いやつには見えねーんだよな。

いまも俺らに助け舟を出してくれてるみたいだし。

ただいるだけで色気を振りまくねーちゃんを見上げると、翡翠《ひすい》色の瞳と目があった。

綺麗《きれい》な色だなぁと思っていたら、いたずらっぽい笑みでウインクされた。

ん？　んんん？　この目、やっぱどっかで見たことがあるような……。

「こいつらは使い魔だとして。なら、このイノシシは……」

おっさんの疑問に、魔女のねーちゃんはすらすらと答えていく。

「魔力の吹き溜《だ》まりのせいで変異した動物の、なれの果てでしょうねえ。吹き溜まりはどこにでもできるから」

「ううむ、やっぱり魔物か……。この森に魔物は出ないって聞いてたんですが、旦那様に報告すべきか……」

「大丈夫よ、発生した魔物はいつもこの子たちが退治してるから。ガンドルフには私から伝えておくわ」

「ほう、そりゃあ。お前らのおかげで森は安全なのか」

おっさんが褒《ほ》め称《たた》えるように、バルの頭をなでる。

「ガ、ガウ……（も、もうやめろぉ……）」

モフられすぎて腰が抜けたのか、バルが這《は》いずるように逃げていく。

「うーむ、しかしこんな獲物の肉は想定してなかったぜ。魔物って食っていいのか……？」

「特に悪い影響はないわ。魔は魂に取り付くものだから、生きている間はともかく、死んでしまったらただの動物と変わらないわねえ」

悩むおっさんに、ねーちゃんが太鼓判を押した。

「そういうことなら、料理人の端くれとして挑戦しない訳にはいかないか……。命を奪ったなら、美味《おい》しくいただいて供養するもんだ」

おっさんは腕を組んで瞑目《めいもく》すると、かっと目を見開いた。

「よぉし、おめえら！　野生じゃ食えねえ、うめえ飯を食わせてやる！」

やほほーい！

おっさんはホント最高だぜぇ!!

† † †

清流のせせらぎが耳に心地良い。

午前の木漏れ日は柔らかく、太陽が真上に来るまではまだ時間がかかるだろう。

「よーし、じゃあここで解体するか」

調理器具などを積んだ荷車を引いていたおっさんが、河原《かわら》の開けた場所で足を止めた。

屋敷のすぐ近くにこんな綺麗《きれい》な水が流れる小川があったのか。

狼たちがイノシシを下ろすと、どうと音を立てて、巨体が河原に転がる。

獲物があまりに大きすぎて、屋敷では解体できなかったのだ。

ここなら水がたくさんあるし、屋敷の人たちに魔狼たちの姿を見られないで済む。

あの屋敷の人たちのフシアナアイから考えると、見られたところで大丈夫な気もするけどね！

念には念を押さないとね！

特にゼノビアちゃんと鉢合わせでもしたら、大変なことになること請け合いだし！

「うーむ、血抜きしようにも重すぎるのが難点だな。心臓が止まってからそれなりに経《た》っているが、寝てる状態でなんとかやるか……」

分厚い解体用のナイフを持ったおっさんが、困った風にこめかみをかく。

確かに、ロープを使って俺たちが枝に引っ張り上げるにしても、これだけ重い獲物を吊《つ》るせる丈夫な木なんて、なかなかないだろう。

「あら、吊るせばいいのぉ？」

同行していた魔女のヘカーテが、後ろからイノシシを覗《のぞ》き込んで、おっさんに尋ねた。

「まあ、そうなんですが。何か妙案でも？」

「ふふっ、これでどうかしら」

ヘカーテが手に持っていた金属製の杖《つえ》を掲げる。

先端に付いた大きな宝玉が光ると、イノシシの巨体が、見えざる手につかまれるかのように宙へ浮いた。

おお、すげえ！　魔法すげえ！

尻を上に、頭を下に。ちょうど木に吊《つ》るしたときと同じ形で、イノシシは空中に固定される。

「どうかしら？」

「おお、こりゃすごい！　さすが魔女の名は伊達《だて》ではありませんなぁ！」

確かにすごいが、そんなことが出来るんなら、最初から運ぶのを手伝ってくれてもよかったのではなかろうか。

ほら、さっきまでイノシシを運んでた狼《おおかみ》たち、みんなぜぇはぁ言いながらこっちを見てるぞ。

「いやよぉ。固定するのは楽だけど、運ぶのは大変なんだから。私、疲れるのは嫌いなの」

俺の心を読んだように、ヘカーテが言う。

ヘカーテは杖を河原に刺してイノシシの状態を固定すると、そのまま俺のところまで寄ってきて隣に腰掛けた。

「ふふ」

「……くーん（ち、近いですよ、お姉さん）」

いたずらっぽい笑みを浮かべてこちらを見てくるヘカーテを、俺はちらりと横目で観察する。

整った鼻梁《びりょう》。長い耳。銀色の髪にエロいオーラ。

こんな特徴的な人間に出会ったら、まず忘れるはずがない。

間違いなく初対面のはずなんだが、やっぱりこのねーちゃん、どこかで会った気がするんだよなぁ。

相手を見透かしたような笑みに、まるで猫のように気まぐれな態度。

ん？　猫？

あれ？　こいつ、もしかして――

「だから、私は猫じゃないって言ったでしょう？　ロウタくん」

ヘカーテはぱちりと片目を閉じた。

「わうっ⁉（え、お前、まさか……！　あの時の……！）」

紅《あか》い猫だというのか。

「やっと気づいた。なかなか気づいてくれないから悲しかったわ。せっかくお友だちになったのに」

「わんわん（いや、だって。えええええ、マジであの時の猫⁉）」

自称魔女の痛い猫だと思ってたのに！

本物だったのかよ！

こっちが本当の姿だとしたら、あの時は猫に変身してたのか。

「変化《へんげ》とは違うわねぇ。種明かしはまた後でしてあげるわぁ」

そう言うと、ヘカーテの視線は、大きなナイフを片手にイノシシへと挑むおっさんへ向かった。

そこからのおっさんのナイフさばきは見事というほかない。

敵を倒すための剣術とは別種の熟達した技術で、巨大なイノシシはあっという間に俺のよく知るブロック肉へと分けられた。

その様子を見守っていた狼たちの目が尋常ではない。

よだれをダラダラ垂らし、尻尾がちぎれんほどに振られている。

おっさんの前には誇り高き魔狼族もかたなしだった。

だが今は我慢だ。我慢した先に極上の料理が待っているぞ。

「ふふ、見事な腕ねぇ」

ヘカーテが恍惚《こうこつ》とした表情で、おっさんを褒め称えている。おっさんが褒められるとなんだか俺も嬉《うれ》しい。

「こりゃ屋敷で使っても当分困らない量だな……」

おっさんが積み上がった肉を見上げて感嘆の声を上げる。

全部で一トン近くあるんじゃなかろうか。凄《すさ》まじい量の肉だ。

文字通りの肉の山が鎮座している。

「もちろんお前らが獲《と》ってきたんだから、分け前は渡すぜ。だが、いくらお前らでも一度に全部は食いきれないだろ。半分は燻製《くんせい》にするからな。冬の食いもんがなくなった頃に届けてやるよ」

　そりゃ名案だ。

　おっさんの作る燻製、美味《うま》いんだよなぁ。

　背脂《ラルド》の燻製とか、ホントすごかった。

　もったりした食感なんだが、口の中で甘く溶けるんだよ。

　じわーって舌に旨味《うまみ》が広がって、それでいて溶けたあとはさっぱりしてるから、どんどん食える。

　あれは魔の食い物だった。

　このイノシシの肉で燻製を作ったら、いったいどんな味に仕上がるんだろう。

　今から楽しみだ。

　が、先の楽しみより、今はこの瞬間の食欲が大事だ。

　おっさん！　早く！　早く飯を食わせてくれ！

「正直に言って、肉は熟成させたほうが美味い。最低でも低温の部屋で三日ってとこだな。が、そんなに待てるはずがないわなぁ？」

「「「ガウガウガウガウ!!」」」

　おっさんが周囲へ問いかけると、狼たちが吠《ほ》えたける。

みんな、擬態が解けてるぞ。そこはわんわんだ。

「取れたての肉は、シンプルに焼く。これが正解だ」

そう言っておっさんは、川原の石を組んで作ったかまどに、大きな鉄板を乗せた。

「肉がまだ固いからな。薄く切って大量に焼くぞ。ロース・バラ・モモ。どんどん焼いてやる。みんなガンガン食え」

「……ごくり（そ、それってつまり――）」

や、焼肉ってことですかあああああああ!!

うひょー！　焼肉！　ロウタ、焼肉大好き!!

おっさんが薄い刃《やいば》の包丁で次々と肉をスライスして、切った端から熱した鉄板に乗せていく。

赤みを帯びた肉が、じゅうじゅうと音を立てて、その脂を溶け出させながら身を反らせていく。

肉を焼くという体験をしたことがない狼たちは、目を爛々《らんらん》とさせてその様子を見守っていた。

肉が鉄板の上で躍り、香ばしい香りが充満してくる。

みんな、ヨダレのたれ方が凄《すご》いことになっている。

もちろん俺もだ。あの匂いたつ煙に顔を突っ込みたい。

薄い肉はすぐに火が通るので、おっさんは素早く肉を鉄板から上げ、次の肉を投入していく。

カリカリに焼けた肉はどんどん大皿に乗せられて、ついにはそびえ立つ肉のタワーが誕生した。

「「「ガウガウガウガウ!!」」」

「おっと、まだ食うのは早いぜ。仕上げはここからだ」

早く食わせろと吠える狼たちを制止すると、おっさんは肉を切っていた包丁とは別の刃物を取り出した。

そして、もう片方の手には、円形を半分に割った大きなチーズの塊。

鈍器として通用しそうなほど硬いチーズを、おっさんは鉄板の下の焚《た》き火《び》で炙《あぶ》った。

硬いチーズが熱によって、面白いぐらいに溶け出していく。

泡立つほどに柔らかく溶けたチーズを、おっさんはナイフで削《そ》ぎ落としながら、肉タワーの上からたっぷりとたらした。

黄金色の化粧が、焼けた肉に施されていく。

すげえ！　高カロリーの上から、さらなる高カロリーをぶっかけおった！

こんなメタボも殺しかねんメニューをおっさんが作り出すとは！

不健康ってレベルじゃねえ！

だが、それがいい！

濃厚な獣肉の香りに、さらに濃厚なチーズが合わさって、もういっそ殺せと言いたくなるほど美味そうな匂いが漂ってきている。

ジリジリと近づく狼たちの目の色がヤバい。

鼻をひくつかせ、舌をだらりと垂らし、ハァハァと息を荒らげている。

イノシシを狩っているときでも、こんな目つきはしていなかった。

これ以上我慢させたら、悶死《もんし》するやつが出てきてもおかしくないぞ。

「いよぉし、召し上がれい！」

おっさんの号令がかかった瞬間、狼たちは尻尾を振りながら、大皿へ頭を突っ込んだ。

熱くないのだろうかと思ったが、肉が薄く切ってあるからか、ほどよく冷めているみたいだ。

「「「ガウ！　ガウ！　ガウ！（美味い！　凄い！　人間凄い！）」」」

狼たちは初めて食べる焼肉とチーズの味に夢中になっている。

「ガウ！（き、貴様ら！　王がまだ食していないものに手を付けるとは何事か！　バルまで、何をやっておるか！）」

ガロが群れの狼たちに怒鳴るが、誰も聞いていない。

分かるぜ。

おっさんの料理の前には、上下関係など無意味だ。

俺が許す。思う存分食らうがいい。

「わんわん！（というわけで、おっさん！　こっちにもお肉おくれ！　ガロはこっち座れ！）」

「なんだぁ？　黒いのと一緒に食べたいってか。スケベなやつだなぁ」

いや、違いますけど。

ケモナーじゃないんで、俺。

「ガ、ガウ（に、人間め……。なんと低俗な……。わ、私ごときが王と……）」

そう言いながら、ガロはまんざらでもなさそうに尻尾を揺らす。

「ワン（いや、ガロもそういうのいいから。メシ食おうぜメシ）」

我慢してたけど、俺も限界だ。

ガロと一緒の皿から、チーズのたっぷりかかった焼肉を食らう。

「わふっ!?（こ、これは……!?）」

うんまー!!　これうんまー!!

イノシシの野性味あふれる肉の味が、チーズの甘みと合わさって凄まじい旨味を生み出している。

シンプルにシンプルを重ねただけで、こんなに美味くなるのかよ。

「ガウ……！（こ、これは……！　王に頂いたあの不思議な肉と同等……！　いや、それを上回るかもしれない……！）」

あまりに美味すぎて、ガロも夢中だ。

恥じらいも忘れて、ガブガブと肉を平らげている。

そう言えば、ヘカーテがおとなしい。

どうしているのかなと思って見やると、

「とっても美味《おい》しいわぁ」

とっくに食べていた。

むしろ俺たちより先に食べていた。

勝手に追いチーズと追い胡椒《こしょう》までしている。

口からとろけたチーズをこぼしながら、幸せそうに咀嚼《そしゃく》する姿は、あの紅猫《あかねこ》の姿を彷彿《ほうふつ》とさせた。

この魔女も大概食いしん坊だなぁ。外見の妖しいイメージより随分子供っぽい。
こうして俺たちの早めの昼食は、みんなの腹が破裂しそうになるまで続くのだった。

†　†　†

「な、なんじゃこりゃああああああああああああああ⁉」
その後、定期的に屋敷へ魔物の肉が運び込まれるようになるのだが、それはまた別の話。

05

百合《ゆり》か！　と思ったらご病気だった！

俺はそわそわしていた。

お嬢様の部屋の前で、そわそわしていた。

「ヘカーテ先生」

「なぁにー？　メアリちゃん」

「くすぐったいですよう」

「あら、くすぐったいの？　じゃあ、ここはどうかしらー？」

「あはっ、もー！　先生のいじわる！」

扉の内側から、メアリお嬢様と魔女ヘカーテの会話が聞こえてくる。

な、なんや。中でいったい何をやっとるんや。

妄想が膨らんでしまうでえ。

ちなみに、俺の隣でパパさんも同じくそわそわしている。

いや、多分、俺とは違うそわそわだろうけど。

「診察、終わったから、入っていいわよぉ」

その言葉が聞こえるや否や、パパさんが素早くドアを開いて中に入った。

あまりにターンとステップが速すぎて、床がきゅっと鳴る。

俺もパパさんのあとに続いて部屋を覗《のぞ》き込む。

部屋には椅子に座って向かい合う、ヘカーテとメアリお嬢様がいた。

お嬢様のはだけた衣服を、あらあらうふふのメイドさんが直している。

「ど、どうですか！　ヘカーテ先生！　娘は！　娘の病気は！」

「落ち着きなさいな、ガンドルフ」

縋《すが》りつくように、パパさんはヘカーテに問いただす。

大柄なパパさんがあやされるような対応をされているのは、なかなか来るものがあるな
……。

「わふっ!?（え？　っていうか、病気？　お嬢様、病気なん!?）」

ヘカーテはパパさんの髪を面白い形に整えながら質問に答える。

「症状は例年通りといったところねえ。おそらく一週間もしないうちに熱が出て、それが一月《ひとつき》ほど続くわ」

「そ、そうですか……」

パパさんが消沈して肩を落とす。

え、お嬢様、一ヶ月も寝込むの⁉　それめっちゃ辛《つら》くない⁉

「この薬を、日に三度、目盛りの量だけ食事の後に飲ませてちょうだい」

ヘカーテが持参していたカバンの中から、水色に輝く液体の入った瓶をメイドさんに渡す。

「毎日様子を見に来るから、あとはゆっくり寝ていれば治るわぁ」

「かしこまりました、そのようにいたします」

ヘカーテの言葉に、メイドさんがうやうやしく薬を受け取って下がった。

屋敷の人たちの対応を見ていると、ヘカーテが敬われていることがよく分かる。

一番偉いパパさんですら、形無しだ。

ただの食いしん坊バンザイな魔女じゃなかったのか。

先生とも呼ばれているし、医者としての能力まであるようだ。

「ヘカーテ先生。こんなこと言っちゃいけないんですけど、この時期はヘカーテ先生と毎日会えるから、ちょっと楽しみなんです」

「あら、それは光栄だわぁ」

落ち込んでいるパパさんとは対象的に、お嬢様はとても楽しそうだ。

「それから、紹介します先生。私の新しい家族、ロウタです」

あ、やっと気づいてくれた。

俺は小走りでお嬢様のそばへ駆け寄って、隣におすわりする。

「もう知ってるわよぉ。お友だちになったものね、ロウタくん」

「ええー、知ってたんですか？　驚かせようと思っていたのに。紹介する前にお友だちになっちゃうなんて、ロウタは浮気者です」

「わふっ⁉（ええっ⁉　誤解や！　誤解やで、お嬢様！　ワイはいつでもお嬢様一筋やで‼）」

「つーん」

お嬢様は頬を膨らまして、そっぽを向いてしまう。

「きゅーんきゅーん！（あわわ！　信じて！　ほら！　ロウタはお嬢様のことが大好き！）」

焦ってお嬢様にすり寄る俺を見て、ヘカーテがいたずらっぽく笑う。

「そうねえ。ロウタくんは、メアリちゃんのことが大好きだものね」

「ふふっ。私もロウタのことが大好きですよ。からかってごめんなさい」

お嬢様がぎゅーっと抱きしめてくる。

しやわせー。やわらかーい。めっちゃいいにおいするー。

多幸感で頭がぽわわんとする。

まったくもう、焦っちまったぜ。

ホントお嬢様はからかい上手なんだから。

このロウタ、生涯お嬢様のペットであるという誓いを立てているのですぜ。

同時に、何の役にも立たず、ただただ堕落した生活を送るという誓いも立てておりますが。

† † †

「ご病気まで一週間前後か……。食材の配達が間に合いそうでよかったぜ」

おっさんがメイドさんからその報告を聞いて、ほっと息をついた。

ここは屋敷地下にある冷暗所だ。

初夏にもかかわらず、寒いぐらいの冷気が漂っている。

仕組みは知らん。

魔力のこもった道具を使って冷やしてるとかなんとか。

おっさんの使ってる調理場の火といい、魔法そのものは結構生活に浸透しているものみたいだ。

俺は生まれてこの方、この屋敷からまともに離れたことがないので、よく分からないが。

実際に魔法らしい魔法を使ってるところを見たのは、ヘカーテが初めてだったし。

「よっ、と。これでようやく終わりか」

おっさんが最後の肉塊を冷暗所に吊《つ》るした。

煮沸消毒した清潔な布で巻き、その上から蒸留酒をたっぷりかけた肉塊は、これから時間をかけて熟成されるのだ。

「この肉は間違いなく極上の逸品だが、病人食には適さないからな。今から消化に良くて精のつくメニューを考えねえと」

さすがおっさん、もうレシピを頭のなかで組み立て始めている。

「ブッブッ……かぼちゃとじゃがいもをポタージュにして……のどの滑りを良くするために……ブッブッ……」

「わんわん（おっさん、メニュー考えるのはいいけど、前見て歩かないとこけちゃうぞ）」

案の定、階段で蹴つまずいたおっさんと冷たい部屋を出て、地上へ出る。

俺は当たり前のようにおっさんのそばにいるが、特におっさんの手伝いをしていたわけじゃない。

ただ涼みたかっただけだ！　この駄犬に何かを期待することが間違っている！

「じゃあな、ロウタ。騒いでお嬢様のお休みを邪魔するんじゃないぞ」

「わん（へーい）」

おっさんはキッチンへと戻り、俺は木陰でぼけーっと空を見上げる。

しかし、お嬢様が病気だなんて知らなかったな。

こんな辺鄙《へんぴ》な場所に豪邸が建っているのが不思議だったけど、お嬢様の病気療養のためだと考えれば納得がいく。

年に一回、病気になる時期を予告されるって、不思議な病気だよなぁ。

花粉症とかの親戚なんかね。よく分からんけど。

現在のお嬢様は至って元気だ。

さっきまで俺と庭で遊んでいたぐらいだからな。

ただし一度熱が出たら、一ヶ月はそれが続くそうなので、勉強や習い事はその間お休みだ。

そのせいで溜《た》まった分が普段に回ってるんだな。大変だ。

頑張れお嬢様。勉強は大事ですぜ。

俺はまた勉強するなんて、絶対にゴメンだが。

これからも駄犬ライフを満喫させてもらうのだぜ。

「にゃーん（あらぁ、ここにいたの。探しちゃったわ）」

そのまま木陰で昼寝をしていると、すぐ近くで猫の鳴き声が聞こえた。

片目を開けて見上げると、そこにはバスケットをくわえた紅猫《あかねこ》がいた。

「わん（あれ、ヘカーテ？　パパさんとお茶してるんじゃなかったのか？）」

「にゃーん（してるわよ？）」

「わん（はぁ？　だってお前、ここにいるじゃん）」

どういうことだ。

トンチ問題か？

「にゃーん（ほらぁ、この間、約束したでしょ。お菓子を持ってくるって）」

「わん（あー、ああ、そう言えば）」

律儀に約束を守って持ってきてくれたのか。

いいやつだな、ヘカーテ。

そのバスケットの中身がそうなのか。

「にゃーん（少し待ってね。今から準備をするわぁ）」

ヘカーテがバスケットをおろして、一鳴きすると、中身を包んでいた風呂敷が勝手に舞い上がり、俺の前へ敷かれた。

皿がひとりでに動き出し、風呂敷の上を飛び跳ねて並ぶ。ほどよくぬるまった茶がカップに注《そそ》がれ、勝手に配膳が進む。

「わん（おお、すげえ）」

自称魔女とか言ってすまんかった。

まるで食器たちに命が宿っているようだ。

「にゃーん（驚くのはまだ早いわよ）」

バスケットの中から次に現れたのは、大きな丸いパイだ。

網目になった生地で蓋をされ、その表面は見事なきつね色に焼かれている。

見た目にもパリッとした食感が伝わってきて、バターの香りが鼻をくすぐった。

昼前に大量の飯を食ったにも関わらず、俺はもう腹を鳴らしていた。

「にゃーん（まだここからよぉ）」

宙を舞うナイフがパイを切り分ける。

とたん、中から真っ赤な実が零《こぼ》れだした。

「わん（これは、木苺《ラズベリー》か）」

ラズベリーは苺《いちご》に比べて小さく、甘みよりも酸味がきつい果実だ。

おっさんのキッシュに対抗してパイで攻めてくるとは、こやつやりおる。

「にゃーん（ふふ、これが仕上げ）」

最後に出てきたのは、ガラス瓶と卵だ。

瓶の中には白い液体が入っている。

卵をかつんと割って、中に投入。

何をしているのかと思ったら、卵と液体が回転を始めて混ざっていく。

同時にガラス瓶が底から凍りついていく。

「わん⁉（なにこれ⁉　なにこれ⁉）」

「にゃーん（生クリームよぉ。攪拌《かくはん》しながら凍らせるの）」

それってアイスクリーム、いやソフトクリームか！

切り分けられたラズベリーパイにふんわりとした冷たいクリームが添えられる。

やべえ！　超うまそう！

「にゃーん（さぁ、どうぞ）」

「わん！（うひょー！　いただきまーす！）」

ザクッという感触とともに、パイにかぶりつく。

パイ生地はおっさんのキッシュにまさるとも劣らず、ラズベリーの強烈な酸味を、濃厚なソフトクリームが爽やかな甘味《あまみ》へと変化させている。

つーか、出来たてのアイスってこんな美味《うま》いのかよ。

強く攪拌させているせいか、口に入った瞬間ふわっと溶けてクリームの風味が舌全体に広がっていく。

パイのザクザク感。ラズベリーの酸味。アイスクリームの甘み。

三位一体の美味が、一度に襲い掛かってくる。

何という衝撃。こんな美味いお菓子、前世でも食ったことがない。

「にゃーん（どう？　ちょっとしたものだったでしょう？）」

「わんわん！（それ以上だぜ！　すげえよ、ヘカーテ！　めっちゃうめえ！　ありがとうな！）」

「にゃーん（ふふ、どういたしまして。そんなに喜んでくれて、私も嬉《うれ》しいわぁ）」

「わんわん！（なあ、一緒に食おうぜ！　あ、そうだ。これ、お嬢様たちにも食べさせてやりたいなぁ）」

お嬢様も甘いもの大好きだしな。

これは俺が独り占めするにはもったいないぜ。

「にゃー（ご心配なく。みんなの分もちゃんと用意してあるわぁ。一足先にロウタくんに食べてもらいたくて持ってきただけだからぁ）」

うおう、嬉しいこと言ってくれるぜ。

しかもちゃんとみんなの分まで用意してあるとは、抜かりがない。

ヘカーテは、妖しくてエロいねーちゃんでもなく、食いしん坊なだけの魔女でもなく、できる女だった。

「にゃー（だから、パイはこの子に分けてあげてねぇ）」

「わん？（この子？）」

この子って誰だ。

俺の前には紅《あか》い猫の姿をしたヘカーテしかいない。

「にゃー（ふふ、私は猫じゃないって言ったでしょう？）」

ヘカーテは妖しげに翡翠《ひすい》の瞳を細めると、パタリとそのまま眠ってしまった。

「わん！（え、ちょ、いきなりどうした？　おねむなの？　遊び疲れた幼児なの？）」

前触れがなさすぎて心配になる。

紅猫の頭を鼻先でツンツンとつつくと、ヘカーテはふたたび目を覚ました。

「くにゃーん（んんん、ご主人様、お役目は終わりですかぁ？）」

ぐーっと前足を伸ばして伸びをする紅猫。

なんだか喋《しゃべ》り方《かた》まで変わっている。

「わ、わん（な、なあ。どうしたんだ、いったい）」

「にゃ？（はい？）」

紅猫と目があう。

あれ？　いつの間にか、瞳の色が翠玉《すいぎょく》から青に変わっている。

「わん？（いや、ほんとどうしたお前、急に）」

「にゃ、にゃ（ひ……ひ……）」

「ぎにゃああああああああああああ！（い、いやあああああああ!?　食べないで！　殺さないで！　お、犯さないでええええええええええええ!!）」

はあああああ!?　犯すってなんだ!?　不穏なことを言うな！

抗議しようとする前に、紅猫は跳び上がって、一直線に逃げてしまった。

「わん……（なんだってんだ……。もったいないし、このまま食っちまうからなー）」

俺は走り去ってしまった猫のことは忘れて、もっしゃもっしゃとパイに舌鼓をうつのだった。

†　†　†

「にゃー……（先程は失礼いたしました……）」

俺がパイをほとんど食べ終わる頃、とぼとぼと紅猫が戻ってきた。

「わん（げっ、帰ってくるの遅いから、もうほとんど食っちまったよ。最後の一口でよければ、食べる？）」

「にゃーん（あ、いえいえ。お気になさらず。家で試作品を山ほど処理――じゃなかった味見しておりますので）」

「わん（あ、そう？　じゃあ、遠慮なく）」

最後にアイスクリームを全部のせしたパイを一口で頬張《ほおば》る。

もっしゃもっしゃ。

うーん、最後まで美味《おい》しかった。

口の周りについたアイスをぺろりと舐《な》め取り、余韻に浸る。

そんな俺を、紅猫は律儀に待っていた。

「わん（それで？　お前は誰なんだ？　ヘカーテじゃないんだろ？）」

さすがの俺でも分かる。

瞳の色が青いし、喋り方まで違う。

なにより、今さら俺の顔を見て、びっくりすることがおかしい。

「にゃー（申し遅れました。わたくし、フェルトベルクの森の魔女、その第一の使い魔、ナフラと申します。……申しますにゃ）」

なんで言い直した。

「にゃー（いえあの、ご主人様が猫らしくないとさんざん仰られるので。少しは猫らしく振る舞ったほうが良いのかな、と思いまして）」

いや、見た目がすでに猫だし。

語尾に『にゃ』を付けたところで変わらんと思うぞ。

なんだろう。キャラの薄さに悩んでるのだろうか。

「わんわん（いやまぁ、そんな気遣いはいらんけども。俺はロウタだ。よろしくな、ナフラ）」

「にゃー（はい、よろしくお願いいたしますにゃ、ロウタ様）」

「わん（様とかいらんし。普通に呼んでくれ）」

そういうのはガロたちでお腹《なか》いっぱいだ。

「にゃー（それでは、ロウタさんと。それから、先程は大変失礼いたしましたにゃ。その、突然お顔が目の前にあったので、驚いてしまって……）」

「わん（いーっていーって。そんなん気にするなよ）」

なんせこの顔の持ち主である俺が、鏡を見ておしっこチビッちゃったくらい怖いからな。

正直、顔だけならガロより全然怖い。

屋敷の人間はなぜ誰も俺を見て怖がらないのか。

「わんわん（それよりナフラって、普通の猫とは違うのか？）」

使い魔って言ってたけど、なにが違うんだろう？

「にゃーん（はい、わたくしはご主人様がご創造なされた人造生命体《ホムンクルス》ですにゃ。正確には猫の死体を容れ物《いれもの》に錬成されておりますので、純粋なホムンクルスとは少し違うのですが）」

「わん（ホムンクルス！　なんかまたファンタジーな言葉が出てきたなぁ）」

ヘカーテの魔法を目の当たりにしたこともあって、今更ながら異世界へやってきたのだという実感が湧いてきた。

「わん（ちなみにどこらへんが違うの？）」

「にゃーん（えーと、そうですねえ。普通の猫よりだいぶ頭が良かったり、多少の魔法が使えたり、ご主人様の目や耳となったり。ああ、あと、首がちぎれたぐらいじゃ死なないですにゃ)」

「わんっ⁉(こ、怖っ⁉　なにそれ⁉　めっちゃ怖いんですけど!)」

「にゃー(あ、見ます? 血とか飛び散るので、あまりお勧めしませんけど)」

「わんわん!(しなくていいしなくていい!　俺の顔よりお前のほうがよっぽど怖いわ!)」

「にゃあ(そうですか? ロウタさんのお顔も相当なものだと思いますが)」

「わんわん(ははは、こやつめ)」

ぬかしおる。

「にゃー(ロウタさんは、ご主人様が仰っていたとおりの方のようですにゃ)」

「わふ?(え? なんか言ってたの、あいつ)」

「にゃー(顔の怖さに反比例して優しい方だと。お友だちが出来たと喜んでおりました。年甲斐《としがい》もなくあんなに張り切って、お菓子を作ったりして。あんなご主人様は初めて見ましたにゃ)」

「わ、わん(か、顔の怖さはいいだろ……)」

気にしてるんだから。

いつお屋敷のみんなに正体がバレて、追い出されないかとヒヤヒヤしてるんだから。

「にゃー（出発のときまでウキウキしていて、気持ち悪いくらいだったんですにゃ。年甲斐もなく、ええ、年甲斐もなく）」

「誰が年甲斐もないのかしらぁ？」

しみじみとつぶやくナフラの後ろから、影がさした。

「ぎ、ぎにゃっ!?（ご、ご主人様!? いつからそこに!?）」

「今さっきよぉ。でも、どこにいてもあなたが何を言っているかなんて、全部聞こえているのよねぇ」

「みぎゃーっ！（そ、そんな！　猫権侵害ですにゃ！　使い魔にだってプライバシーはあるんですにゃ！）」

「おだまり。主人のことを放言するような使い魔に、プライバシーなんてないわ」

「ぎにゃーん！（お、お仕置きはいやあああああ！）」

ヘカーテの魔法で、ナフラは空中で逆さ吊《づ》りにされてしまう。

ヘカーテはそんな姿を嗜虐《しぎゃく》的な笑みで眺めながら、俺が食べた後の食器を魔法で片付けてしまった。

「そうねえ。今日のお仕置きはどうしようかしら」

「にゃーにゃー！（いやあああああ!! 変な魔物の体を追加されるのはもういやあああ！）」

お前、普段そんなことされてるのか……。

俺にはどうすることも出来ない。

なぜならただの犬だから。さらばナフラよ。ドナドナだ。

「お仕置きは、お風呂の刑よぉ」

お、お風呂の刑ってなんだ。どんな恐ろしい拷問の隠語なんだ。

「ぎにゃー！ ぎにゃー！（いやー！ お風呂はいやー！）」

「あなた、もう三日も入っていないでしょう。私の使い魔を名乗るんだったら、身奇麗にしていてちょうだい」

あ、普通にお風呂だった。

† † †

「わん（そんなわけで、お風呂にやってきたのだ）」

今までのは全部回想だ！

この屋敷には大小含めて三つの浴場があり、俺たちが来たのは一番大きい浴場だ。

何十人も一度に入れるすごく広い浴場なんだぜ。

流石《さすが》に普段は使ったりしないが、今日はヘカーテが来たということで特別に沸かしてあるのだ。

湯けむりの濡《ぬ》れた薫りが、風呂への気分を高揚させる。

風呂は日本人の三大娯楽の一つだからな！

あと二つは、風呂上がりのビールと野球観戦だ！

うわ、俺の娯楽おっさんすぎ……。

「大きいお風呂は久しぶりですねー、ロウタ」

「わんわん！（そっすね！　自分、泳いでもいいっすか！）」

「うふふ、競争ですよー」

一糸まとわぬ姿のお嬢様が、浴場へ向かって駆けていく。

「ああ、お嬢様、お待ちください！　滑るのでお気をつけを！」

お嬢様お付きの、あらあらうふふのメイドさんがタオルを体に巻いて追いかけていく。

「往生際が悪いわよ、ナフラ。全身隅々まで、この私自ら洗ってあげると言っているの。

ありがたく思いなさぁい」

「みぎゃー！（ご容赦を！　ご容赦を、ご主人様！）」

エロフ、じゃなかったエルフの名にふさわしい魅惑のボディを惜しげもなく晒《さら》しながら、ヘカーテがナフラと洗い場へ向かっていく。

「おい、後ろがつかえている。早く進め」

と背後から声をかけてくるのは、ゼノビアちゃんだ。

燃えるような赤銅色の髪を、後ろでまとめ上げる姿はなんだか新鮮だ。

剣士らしく引き締まった体に、ヘカーテに負けず劣らずの豊かな胸。

腹筋はうっすらと割れており、剣士というより、まるでモデルのようだ。

はー、眼福やわぁ。

人間のままだったら、鼻血吹いてぶっ倒れてるところやで。

可愛《かわい》い子犬だからこそ許される役得やね。げへへ。

「おい、お嬢様に妙な真似《まね》をしてみろ。その首、ねじ切ってやるからな」

耳元で囁《ささや》かれる底冷えした声。

はっはっは。今日もゼノビアちゃんの殺意はビンビンだぜえ。

……泣きそう。

†　†　†

「ロウタはやーい！」

「わんわん！（うおおお！　高速犬かきじゃあああああ！）」

首にお嬢様を抱きつかせたまま、俺は大浴場を泳ぎまくる。

「すごいすごい！　あはははははは！」

「わんわん！（ふははは！　そんじょそこらのアトラクションには負けまへんでぇぇぇぇぇ!!）」

全力でメアリお嬢様を楽しませる。

それだけがこの駄犬に課せられた使命よ。

「ふう、いい具合に汗もかいたことだし、お楽しみの時間といきましょうか」

玉のように肌を滑る雫《しずく》を払って、ヘカーテが長椅子に座る。

浴場内に設置されたそこには、氷の入ったバケツが置いてあった。

「ちょっと、ナフラ。そんなところで寝ていないで、こっちを手伝いなさいな」

「み、みぃ……（む、無理ですぅ……）」

ヘカーテの足元には、存分に洗濯されて、溶けた餅のようになったナフラが伸びていた。

「しょうがないわねぇ。ゼノビアちゃん、こっちに来てー」

「は、はっ！　私でしょうか！」

呼ばれたゼノビアちゃんが、勢い良く湯船から立ち上がる。

おお、ゼノビアちゃんもヘカーテには形無しなのか。

ギクシャク歩いてくると、新兵のように体を固くして、ヘカーテの前に直立する。

「そっちじゃなくて、こっちぃ。一緒に呑《の》みましょ？」

そう言って、長椅子の隣席をポンポンと叩《たた》くと、氷の敷き詰められたバケツから一本の瓶を取り出した。

「はっ⁉　そ、それはご当主秘蔵のワイン……！　その銘をロマの玉璽《ぎょくじ》、それも百年に一度の当たり年と言われる一六八五年のもの……！」

「うふふぅ、持ってきちゃった」

ヘカーテは恋人のようにワインの瓶に頰《ほお》ずりする。

「も、持ってきちゃったって。そ、それは問題なのでは……⁉」

「大丈夫大丈夫」

大丈夫って、あんた。

それ、確かパパさんがずっと楽しみに保管しておいたやつなのでは。

鍵付きのワインセラーに置いてあるのを見たことあるぞ。

家一軒建つような額がついてるとかなんとか……。

「ガンドルフはこんなことで怒ったりしないわよぅ」

「いや、あの、それは、しかし……！」

そりゃまぁ、パパさんは怒りはしないだろうが、夜中に一人でこっそりと泣くぞ。可哀《かわい》想《そう》に。

「まぁまぁ、ほらほら」

ゼノビアちゃんがたじろいでいる間に、ヘカーテはワインのコルクを抜いてしまった。

二つのワイングラスに、ルビーのように紅《あか》い酒精が注《そそ》がれていく。

「あっあっ、そのようになみなみと……！」

「かんぱーい」

ちーんと、音を鳴らして、ヘカーテはくいーっとグラスを傾ける。

「はふぅ、美味《おい》しい。ほら、ゼノビアちゃんも飲んで飲んで。何か言われたら、私が無理やり飲ませたって言えばいいからぁ」

「は、はぁ。……では失礼して」

これ以上の固辞は失礼と判断したのだろう。

覚悟を決めたゼノビアちゃんは、ワインを一口含む。

「こ、これは……！　なんという深い味わい……！」

目をカッと見開いて、ゼノビアちゃんはグラスの紅を凝視する。

「夏の大華を思わせる強い薫りが来たと思えば、まるで氷柱《つらら》を滑り落ちる雫のごとき冷ややかな喉越し。口に広がる風味は享楽的であり退廃的であり、鼻へ抜ける苦味は死すら思わせる……！」

ソムリエか。

見事な詩的寸評、ありがとうございます。

良いなぁ。

俺もワイン飲みたい。

「あっ、ロウタ、どこへ行くんです？」

首に抱きついたメアリお嬢様を引きずりながら、俺は湯船を出て、ふらふらとへカーテのところへ吸い寄せられる。

「あらぁ、やっぱり来たわねえ。ガンドルフに呑兵衛《のんべえ》だって聞いてるわよ、ロウタくん」

くっ、お見通しか。

ならば、話は早い。

「わんわん！（ください！　その一口で、俺が一〇匹買えそうなワイン、ください！）」

「うふふ、どうしよっかなぁ」

「わんわん！（お腹《なか》でも見せます⁉　三べん回ってわんと鳴きましょうか⁉）」

「そんなの面白くないわねぇ」

ヘカーテは少し考え込むと、いたずらっぽい笑みを浮かべた。

「ふふふ……」

ヘカーテは自分のグラスを傾けると、腕に垂らし始めた。

紅玉色の雫は腕から手首を伝い、指先で滴る。

「ほら、お舐《な》め」

「ぐるる……わん！（き、きっさまぁ！　馬鹿にしているのか！　この俺を誰だと思ってやがる！　そんなもん俺が舐めると思っているのか！）」

舐めるに決まっているだろうが！

いただきます！

ペロペロ。

我々の業界ではご褒美ですよ。

ペロペロペロペロペロ。

「わっふ（うっは、めっちゃうめえ……！）」

ゼノビアちゃんが絶賛するだけあるわ。

「もっとかしらぁ？」

ヘカーテが艶《なま》めかしい脚を組み直して、嗜虐《しぎゃく》的に笑う。

うわぁ、すごくいい笑顔。

ドSの鏡みたいな顔してるわ、この魔女。

舐めますけど！

指がふやけるまでしゃぶらせていただきますけど！

「むぅ……」

そのやり取りを見ていたメアリお嬢様がむくれている。

あ、しまった。お嬢様のご機嫌を損ねてしまった。

せやけど、このワインがワイを離さへんのや！

断じて魔女のＳＭプレイにハマったわけやないんやで！

ペロペロ！

「ロウタばかりずるいです。私もワイン飲みたいです」

あ、そっちか。

「メアリちゃんには、このワインは少し度が強いわねえ。病気が控えていることだし、こちらにしておきなさいな」

そう言うと、ヘカーテは氷の入ったバケツから、ワインとは違う、ピンク色の液体が入った小瓶を取り出した。

よく見ると、底にはたくさんの花びらが沈んでいる。

「私の栽培した薔薇《ばら》を漬けたシロップよ。とってもいい香りがするから、飲んでみなさいな」

とろりとした桃色のシロップがグラスに少し垂らされ、そこへ冷水が静かに注がれる。

最後に赤い薔薇の花弁を一つ乗せると、そこにはグラデーションのかかった美しいドリンクが生まれていた。

「わぁ、綺麗《きれい》……。それにすごくいい香りがします」

「でしょう？　美容にもいいから、飲んでちょうだいな」

ヘカーテが促すと、お嬢様はごくごくと一気にそれを飲んだ。

途端、風呂でほてった頬を華やかに綻ばせる。

「んん！　すっごく甘い！　でも爽やか！　先生、ありがとう！」

「どういたしまして。ミランダちゃんもお一つどう？　こっちなら飲んでもかまわないでしょう？」

後ろで控えていたメイドさんにヘカーテが呼びかける。

ああ、ゼノビアちゃんは食客《しょっかく》だけど、メイドさんは普通に仕事中だもんな。お酒は飲めないか。

「ありがとうございます、ヘカーテ様」

薔薇の冷水を受け取って、メイドさんがあらあらうふふと笑う。

そして何気ないところで、メイドさんの名前が判明。

ミランダさんね。

覚えたぜ。

お嬢様がたは長椅子に腰掛け、それぞれの飲み物を片手に、話に花を咲かせるのだった。

一心不乱に魔女の指を舐める犬と、餅のように床に伸びた猫を除いて。

†　　†　　†

あれから五日の時が過ぎ、ヘカーテに予告されたとおり、メアリお嬢様は熱を出した。

ただそれは、俺が思っていたよりも、ずっと重い症状だった。

みんな気楽そうに接していたから、てっきり大したものではないのだろうと高をくくっていた。

それは大きな過ちだった。

メアリお嬢様の部屋には、家人が集まって看病している。

太陽はもう半分ほど身を沈めており、窓から差し込む光は橙色《だいだいいろ》ににじんで儚《はかな》げだ。

お嬢様の体調は朝から悪化し、今は立つこともできなくなって、ベッドに横になって苦しげに息を荒らげている。

氷嚢《ひょうのう》で頭や脇を冷やしているが、容態はあまり芳《かんば》しくないようだ。


「薬はちゃんと飲ませているかしらぁ？」

ヘカーテがお嬢様の手首を取って脈を測っている。

「はい、お食事の後には規定量を必ず」

メイドのミランダさんが首肯する。

「そう。じゃあ、まだ熱が上がるようなら、この薬も増やしてちょうだい」

ヘカーテはカバンの中から、小瓶に入った赤い水薬を取り出して、小さなグラスにそそいだ。

「メアリちゃん、体を起こせる？」

「……はい、ヘカーテ先生……」

震える体で身を起こそうとしたお嬢様の背中に、大きな手が添えられる。

「お父様、ありがとう……」

「うむ、うむ、ゆっくりでいい」

背中をパパさんに支えられながら、お嬢様が身を起こす。

喉が腫れて痛むのか、ほんの少しの量なのに、お嬢様は苦労して薬を嚥下《えんげ》していた。

「けほっ……けほっ……」

「よく頑張りました。さぁ、横になって。すぐに楽になるわ」

そっとベッドに寝かされ、氷嚢を頭に戻される。

「くーんくーん（お嬢様、大丈夫なん……？）」

俺は尻尾を元気なく垂らしたまま、お嬢様の近くをウロウロする。

みんな『いつものこと』みたいな顔してたから、大したことないのかと思ってたのに、お嬢様めっちゃ苦しそうなんだけど。

俺がインフルエンザに罹《かか》ったときでも、こんなにつらそうじゃなかったぞ。

ぴすぴすと鼻を鳴らす俺の頭に、お嬢様の細い手が置かれる。

いつもなら嬉《うれ》しいそのなで方も、いまは弱々しい。

「大丈夫ですよ、ロウタ……。すぐに元気になりますから……。そうしたら、また一緒に湖で遊びましょう……。今度はヘカーテ先生も一緒です……」

熱のせいか、お嬢様の可愛らしかった声もかすれてしまって聞き取りにくい。

「あら、嬉しいわねえ。またお菓子作ってこないといけないわねえ」

「ふふ……、先生のお菓子、とっても楽しみです……」

どこかおどけた調子で言うヘカーテに、お嬢様は儚げに微笑んで、俺の頭をなでていた手がすべり落ちる。

「くーん！（お、お嬢様ー！）」

「落ち着きなさいな。薬が効いて眠っただけよ」

ヘカーテが呆《あき》れたように息をつき、お嬢様の腕を布団の中に戻す。

なんだ、びっくりするじゃないか。

「熱もしばらくは引くと思うから、目を覚ましたら元気なうちに食事と薬、あと水分を多めに取らせてちょうだい。それから気持ち悪いだろうから汗も拭いてあげて。この赤い方は強い薬だから、使用は一日に二度まで。最低六時間以上は開けてね」

「はい、かしこまりました。そのように」

矢継ぎ早のヘカーテの指示に、ミランダさんは恭しく頭を下げる。

「へ、ヘカーテ先生！　娘は！　娘は大丈夫なんですか！　これは例年よりひどい症状なのでは⁉」

お嬢様よりもつらそうにその寝顔を見守っていたパパさんが、ヘカーテにすがりつく。

「静かにしなさい、ガンドルフ。病人の前よ。あなたは図体《ずうたい》ばかり大きくなって、ちっとも変わらないんだから。立派なお髭《ひげ》が泣いていてよ」

「うう、しかし、しかしぃ……」

「大丈夫。安静にしていれば、一ヶ月ほどで必ず良くなるわ。毎年のことですもの、分かっているわよね」

「は、はい……」

俺の中で、パパさんの威厳という株の暴落が止まらない。

普段は厳格なパパさんのこの姿を見るのは、やはりキツいものがあるな。

まぁ、世の父親は娘のことになるとこんなものなんだろう。

見て見ぬふりをする情けは、俺にもあった。

それにしても、ヘカーテって一体何歳なんだろう。

パパさんが若い頃からの知り合いみたいだし、見た目よりだいぶ年を取ってるんだなぁ。

エルフっていうくらいだから当たり前なんだろうけど。

「ロウタくぅん？」

はっ!?　笑顔のヘカーテがこちらを見下ろしている！

無言の笑顔がすごく怖い！

「くーんくーん（な、なあ、ヘカーテ。ちょっと話があるんだが、いいか？）」

話題をそらしたわけじゃないぞ。本当に聞きたいことがあるんだぞ。

「……私は少し下がらせてもらうわねぇ。ガンドルフもお見舞いは程々にしてちゃんと休みなさい」

俺の意を汲《く》んでくれたのか、ヘカーテが席を立つ。

俺はさり気なくその後をついていった。

†　†　†

人目のある屋敷を出て、俺たちは中庭の木陰に腰掛けた。

夕陽《ゆうひ》がもうじき沈みそうな空を見上げる。

紫色の空から降りてくる空気は物寂しく、冷たい夜気がもう忍び込んできていた。

「お話をうかがいましょうかぁ。と言っても、聞かなくても分かるけどぉ」

「わんわん（あー、その、だな。ヘカーテがすごい魔女で、すごい医者なのは見てて分かるし、素人の俺が何か意見するなんて、おこがましいってのも分かってるんだが……）」

「メアリちゃんの病状を、少しでも良くしてあげたい？」

言葉尻を引き継いで、ヘカーテが顔を傾けて俺を覗《のぞ》き込んでくる。

「わん（ああ……）」

そんな方法があったら、とっくにやっているだろう。

馬鹿げた質問をしているとは自分でも思っている。

だけど、我慢できなかった。

そんな方法など、どこにもないと分かっていて、聞かずにはいられなかったのだ。

いかんな。俺も相当まいっているらしい。パパさんのことは言えないな。

「わんわん（すまん。馬鹿なことを言った。忘れてくれ。そんな都合のいい方法があるわけないよな）」

「あるわよぉ」

「わふっ⁉（あるのかよ⁉　いや、あるのかよ⁉）」

驚いて二回も突っ込んじゃったわ。

「順を追って説明しましょうか」

ヘカーテは杖《つえ》で空中をなぞる。

すると光がその場にとどまって、地面に落書きするように、図が書き込まれていく。

「今使ってる薬は、どっちも対症療法の薬なのよねぇ。体力の保持と熱を冷ます効果に特化してあるんだけど、病の元を消すほどの効果はないの」

「わん（ふむふむ……）」

「発作そのものは一ヶ月程度で収まるんだけど、その間はどうやっても根本的な治療はできないのよ。……手持ちの薬剤ではね」

「わん（ん？　手持ちの？）」

「ええ、私の作る霊薬も相当なものだけど、素材そのものは平凡なものが多いのよねぇ」

つまり、いい素材さえあれば、それ以上の薬を作れるってことか。

「竜零草《りゅうれいそう》」

「わん？（リュウレイソウ？）」

「竜の棲処《すみか》にだけ生えるという、幻の薬草よ。私も扱ったことがあるのは二度。それも乾燥劣化して効果が落ちたものだったわ。それでも相当な霊薬が生成できた」

「わんわん（じゃあ、パパさんにお願いして……）」

当家の財力は半端ないぞ。

パパさんにそれを教えれば、絶対に手に入れてくれるはずだ。

「市場に出回るようなものじゃないのよねぇ。ドラゴンと対峙《たいじ》できるような冒険者なんて、最近じゃ見かけないと言うし。ギルドに依頼をかけても、手に入れるのは難しいでしょうねぇ。竜という種族自体希少な種だし、ねぐらなんて見つけるのはまず不可能。偽物をつかまされる可能性が高いわぁ」

「わん（ぐむむ……）」

竜か。

めっちゃ強いんだろうなぁ。

しかもどこにいるかも分からない、と。

「たぁだぁ」

「わう？（ただ？）」

「太古より誰にも侵されなかったこの広大な森の中なら、もしかしたら、希少なドラゴンもどこかにいるかもしれないわねぇ」

わざとらしく頰に人差し指を添えて、ヘカーテはとぼけるように言う。

「……くーん（それ、もしかして、俺に探してこいって言ってる？）」

「ふふ。ただの飼い犬には無理なことでしょうねぇ。ただの飼い犬には」

ヘカーテは意味深に微笑んで、俺の耳を指先で艶《なま》めかしくくすぐった。

「そろそろ戻るわぁ。聞いた話をどう使うかはあなた次第。心配しなくてもメアリちゃんの発作は一ヶ月以内にはかならず治る。それは保証するわぁ」

立ち上がって、膝の上に落ちてきた木の葉を払うと、ヘカーテは振り返りもせず行ってしまった。

「……くぅ（ふむ……）」

一人残された木陰の下で、俺は考え込む。

俺の目的はさー、駄犬としてペットライフを送ることなんですよ。

危険なことなんて絶対したくないし、怖いことも嫌だし、痛いのも嫌。

そもそも働くということを心が拒否している。

ノー社畜。ノー労働。

毎日毎日、美味《おい》しいもの食べて、好きなだけ寝て、ずーっとぐうたらして生きていきたいの。

それだけ。

もう、ほんと、それだけ。

「……（だからさー）」

探しに行かない理由はないんだよなぁ。

お嬢様がつらい目にあってるって時点で、ちっとも楽しいペットライフじゃない。

メアリお嬢様がそばにいて、初めて俺は駄犬としての生活を送れるのだ。

「わん！（ちゃっと行って、ちゃっと帰ってきますぜ！　それまであばよ、マイハウス！）」

か、勘違いしないでよね。

これはお嬢様のためじゃなくて、俺の生活を守るためなんだからっ。

06 草を取りに行くだけ！　と思ったら大冒険になった！

屋敷を旅立ち、森へと踏みいった俺が、まず何をしたのかというと。

「ワォォォォォォォォォォォォォォン!!（ガロえもぉぉぉぉぉん！　助けてぇぇぇぇぇぇぇぇぇぇぇ!!）」

助けを呼ぶことだった。

森の剣先崖から、月夜に向かって大きく遠吠《とおぼ》えしてガロを呼びつける。

ふ、笑わば笑え。他力本願こそ、俺のモットーよ！

そもそも俺は、竜の棲処を知らないどころか、竜零草がどんな形をしてるのかも知らない。

ヘカーテのあの口ぶりだと、見つければすぐ分かるような見た目をしてるんだろうけど。

「ガウッ（はっ、ここに！）」

俺の遠吠えに応じて、ガロがすぐさまやってきた。

「わん（ガロえもぉぉぉん！）」

「ガウ？（はっ！　……えも？　申し訳ありません、王よ。えもぉぉぉんとは何でしょうか？）」

「わん（いや、なんでもないよ）」

そこは『しょうがないなぁ、ロウタくんは。またゼノビアンにやられたのかい？』って言ってほしかった。

まぁ、多くは望むまい。

「わん（というか、なんでそんな離れたところにいるんだよ。もっとこっち来いよ）」

前ならいきなり背後から現れていたのに、今は声が届くか届かないかの距離で、ガロは待機している。

「ガウ……（は、いえ、しかし……）」

もしかして、顔が怖いって言ったことを気にしているのだろうか。

あれは正直すまんかった。

オスだと思ってたしなぁ。

狼《おおかみ》の雌雄の区別なんてつかんし。

「わん（すまん。あの時の言葉は全面的に撤回する。そもそも俺のほうが顔怖いしな。ほんと悪かった)」

「ガウ(い、いえ! 王のご尊顔はたいそう凛々《りり》しく! そ、その! す、す、素敵です……)」

そんな照れた風に言われても、ちっともキュンと来ないぞ。

なぜなら俺はケモナーじゃないから。

だが、モフモフ的な意味では高ポイントだ。同じモフモフ属性として嫉妬する。

「ガウ(して、王よ。本日は何用でございましょう? ……はっ⁉ やはり人間界へ侵攻を……!)」

「わん…… (いや、それもういいから……)」

どんだけ人間滅ぼしたいんだよ。

ソーセージもう持ってきてやんないぞ。

「わん(ガロにひとつ聞きたいことがあってな)」

「ガウッ(はっ、なんなりと!)」

「わん(ドラゴンの居場所って、お前知ってるか?)」

この森を隅々まで守るガロたちならば、ドラゴンについて何か知っているかもしれない。

そう思って俺はガロを呼びつけたのだ。

いくらなんでも無目的に森の中をさまよったりはせんよ。疲れるし。

「ガウ（ドラゴン……）」

ガロは少し考え込み、はたと答えに思い当たったように顔を上げた。

「ガウ（これは私が実際に見たわけではなく、先代の母に聞いた話なのですが）」

おお、やっぱりガロを頼ったのは正解か。

ドラゴンの居場所に心あたりがあるようだ。

ガロは鼻先を北に向けた。

その先には夜雲に霞《かす》んだ山々の影が見える。

「ガウガウ（ここから見えますでしょうか？　森の北の外れ。霊峰の麓《ふもと》。そこから流れ落ちる大きな滝の裏側には、古き時代より生きる蒼竜《ブルードラゴン》が眠っている、と。そう寝物語で聞かされたことがあります）」

「わん（へえ。しかしあそこまではかなり遠そうだな）」

「ガウ（そうですね、我らの脚でも三日はかかる距離かと。王ならば、その半分で駆け抜けあそばすことでしょうが）」

無茶言わないで。

ボクはビーム吐ける以外は至って普通の狼、ではなく犬ですよ。

ガロの過大評価はさておき、場所が判明したのなら向かうだけだ。

「わん（そんじゃあ、善は急げってことで、行ってきますかね）」

「ガウ！（では、私もお供を！　竜狩りの誉《ほまれ》！　このガロにもお与えください！）」

「わん（いやいや、狩らないからね？　こっそり忍び込んで、薬草盗んでくるだけだからね？）」

もし巣に忍び込んで竜に見つかったとして。

そのとき、竜がどうにもならんほど強かったりしたら、マジで洒落《しゃれ》にならん。

その場合は、尻尾を巻いて全力で逃げる。

三十六計逃げるに如《し》かず。

そして逃げるだけなら、俺ひとりの方がいいだろう。

「ガウッ！（しかし、おひとりでは危険です……！）」

「わんわん（大丈夫だって、ちゃっちゃと行ってすぐ帰ってくるからさ。おまえは待っててくれよ）」

「ガウ……（……も、申し訳ありません。私ごときが王のお心を許ろうとは、差し出がましい真似《まね》を致しました……！）」

畏《おそ》れ敬うようにガロは平伏してしまう。

いかん、『黙れ小僧』の教育が行き過ぎたか。

どうにも融通の利かないガロに困っていると、背後で砂利を踏む音がした。

「ガウ!!（な、なにやつ⁉）」

ガロが瞬時に飛び出して、俺の背後を守る。

「グルル……！（いったい何者だ！　この距離まで私に気配すら悟らせないだと……⁉）」

「わん？（へ？）」

ガロの警戒する吠え声に釣られて、俺は背後を振り向いた。

「き、貴様。夜中に魔物と密会していたのか……⁉」

そこには、女剣士ゼノビアちゃんが立っていた。

「わ、わふぅ！（あ、あわわわわ！　一番見られちゃいけない人に、とんでもないところを見られたぁぁぁぁ⁉）」

まずいですぞ！

これはとんでもなくまずい事態ですぞ！

お屋敷で唯一フシアナアイを持たないゼノビアちゃんに、ガロといるところを見られてしまった。

「ガルルル……！（人間め……！　それ以上我が王に近づくな!!）」

鼻筋に凶悪なシワを寄せて、ガロが牙を剝《む》く。

はわわ、待って！　ガロちゃん待って！

その威嚇は逆効果ぁっ！

「この巨体にその殺意……！　貴様もただの獣ではないな……！　怪しい怪しいと思い続けていたが、やはり貴様ら……！」

いかん、ガロとゼノビアちゃんが一触即発だ。

このままでは血みどろの戦いが発生してしまう。

だが、まだ大丈夫。この失態は取り戻せるのだ。

俺にはこれを解決できる秘策があるのだから。

いつか正体がバレて保健所行きになるであろう日のために、俺は地道な練習を続けてきたのだ。

何度も失敗し、試行錯誤を重ね、ついに会得した必殺技。紛《まぎ》れもない俺の過去最強の必殺技だ。

ついにそのお披露目の時がきたようだ。

「わふっ（行くぜ！）」

俺は素早く頭を下げると、ぐるりと前転した。

俺の奇行に、睨《にら》み合《あ》っていた二人の視線が集まる。

俺は前転したまま仰向《あおむ》けになって腹を見せ、可愛《かわい》く舌を出す。

「ハッハッハッハッ（必殺、服従のポーズ！）」

説明しよう。

服従のポーズとは犬が古来より人間に見せる最大限の信頼の証《あかし》であり同時に敵意がないということを知らせるための重要な体勢なのだこれを見せることにより大抵の人間は敵意を失いそれどころか魅惑のモフモフボディをなでずにはいられないという強力な誘引性を持つこの力は常人では到底逆らうことなど不可能でありモフモフしてしまうこと必至なのである（早口
「くっ、貴様、この期に及んで、まだそんな戯《ざ》れ事《ごと》を……！」

「ハッハッハッハッ（ふはははは！　斬れまい！　斬れまいて！　こんな無防備な犬っコロを、誇り高き女剣士様は斬れんよなぁ!?　ああん？　恥じゃぞ！　このまま斬ったら末代までの恥じゃぞ！　ええんか？　ああん？　ええんか!?）」

「ぐっ、ぐぬぬ……！」

「ハッハッハッハッ（ふはははははははぁっ！　その悔しそうな顔、そそるぜぇぇぇっ！）」

めっちゃペロペロしたい。

「ガウゥゥ……（お、王、そのお姿はいったい……⁉　くっ、卑小なる我が身では、崇高なる王のなさることが理解できない……！）」

「わんわん（ガロ！　ちょっと、なにやってんの！　お前もやるんだよ！）」

「ガウっ⁉（は、はぁっ⁉　わ、私もですか⁉）」

「わんわん！（当たり前でしょ！　ほら！　早く！　ジャストナウ！）」

「ガゥゥ……（し、しかしその格好は……。いや、私は王に忠誠を誓った身。それがどのような命令でも、甘んじて受け入れるのが近衛《このえ》の務め！　王のなさることは全てにおいて正しい！）」

ガロはキッとゼノビアちゃんを睨みつけたあと、俺とまったく同じ動作を取って、ゼノビアちゃんに腹を見せた。

「ハッハッハッハッ（王のご命令とはいえ、なんという屈辱か……！　くっ、殺せ！　いっそ殺せ！　人間の戦士よ！）」

「ハッハッハッハッ（いいぞぉ！　もっとだ！　もっと可愛く！　前足を寄せて甘えた感じを出すんだ！　そうだ！　それでいい！　見ろ！　もう少しで相手は陥落するぞ！　我らの勝利は近い！）」

目をキラキラさせながら、ゼノビアちゃんに敵意はないことを精一杯伝える二匹の魔狼《まろう》族であった。

「ぐ……ぬ……ぬ……。ああっ、もういいっ！　やめろ！　私の負けだ！」

ついに耐えきれなくなったゼノビアちゃんが膝をつく。

ふっ、勝った。

ちょろいぜ。

「ガゥ……（王のなさることは絶対……。だが、本当にこれでいいのだろうか……）」

ガロが心の底から悲しそうにつぶやく。

いいに決まってるだろうが。無血にして勝利したぞ。

魔狼王フェンリルとしての誇り？　そんなものは知らん。俺にあるのは、駄犬として生きる覚悟だけだ。

あ、いま俺めっちゃ格好《かっこ》いいこと言った気がする。

「……お前が何者であるかの追及は、この際、置いておく」

ゼノビアちゃんは深く息をついて、真正面から俺を見つめた。

「…………。……おい、まずその姿勢を改めろ。話をする気にもならん」

あ、こりゃ失敬。

俺たちは仰向けから、背筋を伸ばしたおすわりに体勢を変えた。

「実は、ヘカーテ殿がお前に語りかけていた内容を聞いてしまったのだ」

おやおや、盗み聞きとは感心しませんなぁ。

と、普段の俺なら煽《あお》りをやめないところだが、ゼノビアちゃんの真剣な表情に免じてやめておく。

「お嬢様を助けたいのは私も同じだ。竜零草《りゅうれいそう》と言ったな。その薬草、私も一緒に探しに行くぞ」

「ガウッ！（ふざけるな！　貴様のような人間に、王の警護を任せるはずがないだろう！）」

「わんわん（やめいて。ガロちゃんおすわり。シッダウン。シーット、ダーウン！）」

「きゅーん……（はい……）」

ふたたび牙を剝こうとするガロを止める。

「さっき、そっちの黒いのに竜のねぐらを聞いたんだろう？　おそらくだが、あの霊峰の麓か」

おお、鋭い。

偽物剣つかまされてるいつものゼノビアちゃんとは別人のようだ。

「安心しろ。出発の準備はすでにできている」

たしかにゼノビアちゃんの格好は、マントを付けた旅装になっており、食料の匂いがするカバンを肩にかけ、大きな鉄のケースを背中に背負っている。

着の身着のまま出かけた俺とは違って、準備は万端だ。

こりゃ説得は無理そうだなぁ。そもそも言葉通じないし。

「急ぐぞ。そして一刻も早く、お嬢様の病を癒すのだ」

そう告げると、ゼノビアちゃんは走り出してしまった。

「わん（あー、そういうことになったから、ガロは留守番頼む。俺がいない間、屋敷を気にかけてくれると嬉《うれ》しいな）」

「ガウ（拝命いたしました。このガロ、一命を賭して王の寝所をお守りいたします。どうかお気をつけて）」

深々と頭《こうべ》を垂れるガロを置いて、俺はゼノビアちゃんの背を追いかけた。

ゼノビアちゃん待ってー！

そっち北じゃないからー！

†　　†　　†

四つの脚が、森の大地を踏みしめ、土を跳ね上げる。

顔に当たる風は、すでに夜気で充分に湿っていた。

夜の森を先導するように、俺は駆け続ける。

後ろをちらりと振り返ると、ゼノビアちゃんは難なく俺についてきていた。

木々の葉は月明かりすら覆い隠し、灯り一つない森の中は、完全な闇だ。

おまけに腐葉土や木の根で不安定なこの足場。

俺もこのウルフボディじゃなかったら、まともに歩くことすらできなかっただろう。

そんな森の中を、ゼノビアちゃんは舗装された道路のように走っている。

「おい、いちいち振り返るな。私のことを気遣ったりする必要はない。貴様は目的の場所へ向かうことだけを考えていればいいんだ」

呼吸も乱さず、ゼノビアちゃんはそう言った。

見てください。

キリッとした顔で言ってますけど、この人さっきまで道間違えてました。

普段のダメ具合から、絶対走るのもヘッポコだと思ってたんだが、意外とやるなゼノビアちゃん。

まさか普通についてこられるとは思っていなかったぜ。

背中に背負ってる大きな鉄のケースは、相当な重さのように見えるが、足運びにはそれを感じさせない力強さがある。

暗い森の中も、はっきり見えているようだ。

すごい夜目と健脚だった。

たしかに、これならもっと速度を上げても大丈夫そうだ。

俺はわんと一声吠《ほ》えて、加速をかけた。

「はっ、どうしたどうした、貴様の全力はそんなものか？　私はまだまだ余裕だぞ」

小馬鹿にしたように、ゼノビアちゃんが鼻で笑う。

あー、そういうこと言う？　言っちゃう？

ゼノビアちゃんのくせに俺を煽るだとう？

上等だ！　泣かしてやんぜ！

「わんわん！（来《き》なぁッ！　スピードの向こう側ってやつを見せてやるよォッ！）」

ビキビキ。

俺は木々の隙間を縫って、稲妻のように疾駆した。

「くっ、やるな！　負けんぞ！」

ゼノビアちゃんはやや顔をゆがめながら、それでも俺と並走している。

嘘《うそ》だろ⁉　俺、いま全力で走ってるんだぞ⁉

荷物持ちの二足歩行で、なんでついてこれるんだよ⁉

やばい、ゼノビアちゃんやばい。

とんでもない身体能力だ。

かつての剣を折ってやった二回の対戦も、偽物の剣じゃなかったら、やっぱり俺が斬られてたんじゃ……。

あ、あかん……！　まともな剣を手に入れたら、そのうち殺される……！

これは新たな必殺技《かわいいポーズ》の開発が急がれるぞ……！

俺はゼノビアちゃんから逃げるように、猛烈なダッシュをかけた。

†　†　†

「ゼーッ……ゼーッ……」

「はぁっ……はぁっ……」

ご、ごめん、もう無理。

走れない……。

ゼノビアちゃんと俺はよろよろと森を抜け、綺麗《きれい》なせせらぎが流れる河原《かわら》で倒れこんだ。

「や、やるではないか……」

「わ、わん……（マジで、最後まで、ついてきやがった……。ゼノビアちゃん、恐るべし……）」

うつぶせたまま空を見上げれば、もう夜が白み始めていた。

午前三時か四時ってところか……？

屋敷を出発したのが夕方だったから、一〇時間近く走ってたことになる。

うう、疲れたよぉぉ……。

もうお家《うち》帰りたぁい……。

そう言えば、どのへんまで来たんだ……？

北に向かってひたすら走り続けてたから、距離感覚も分からなくなっている。

「滝の音がする。近いぞ」

もう息を整えたゼノビアちゃんが北を向いている。

なんで魔狼の俺より先に、音に気づいてるんですかねえ。

耳をそばだてると、確かにどどどという重たい滝音が聞こえてくる。

音から察するに、数キロも離れていない感じだ。

ガロが三日はかかると話していたが、思った以上に早く着いてしまったらしい。

「いったん、休憩を挟むぞ。竜の棲処《すみか》へ潜るのだ。体調は万全にせねばならん」

ゼノビアちゃんは河原のなかで大きく平らな岩を探すと、その上にカバンを置いた。

中を覗《のぞ》き込むと、簡易的な調理器具の他に、大きな黒パンとこぶし大に切り分けられたラクレットチーズ、それから燻製《くんせい》肉の塊が入っていた。

「くんくん（このほのかに香るりんごの木片《チップ》の匂い。おっさんの作った燻製肉だ。おっさんめぇ、まだ燻製肉を隠していたのか……！）」

盗み食いしに行ったときはなかったぞ、こんなの。

ちくしょう、騙《だま》された！

「な、なんだ？　別に黙って持ってきたわけではないぞ。ちゃんとジェイムズ殿に頼んで用意してもらったのだ」

恨めしげな俺の視線に、ゼノビアちゃんがたじろいでいる。

タジタジするゼノビアちゃん、可愛《かわい》い。ペロペロしたい。

「お前は乾いた木の枝を探して持って来い。私は水を汲《く》んでくる」

「わん（へーい）」

俺たちは二手に分かれ、焚《た》き火《び》と食事の準備に取り掛かるのだった。

† † †

ぱちぱちと音を立てて、焚き木が赤く燃える。

「わんわん！（ごはん！　ごはん！　はやく！　はやく！）」

「まぁ、待て。これは美味い喰《く》い方がある」

そう言うと、ゼノビアちゃんは黒パンを半分に割る。

石のように固く焼き締められた表面に反して、中は意外とふんわりとしている。

それからゼノビアちゃんは燻製肉の塊をナイフで薄く削り、パンの断面に敷き詰めていった。

「最後にこれを……」

ナイフの先に刺したチーズを焚き火で炙《あぶ》ると、甘い匂いをさせながら柔らかく形を崩し始めた。

泡立ちこぼれる直前まで熔《と》けたチーズを、燻製肉を敷き詰めたパンの上に載せる。

チーズは肉と絡まりあって、ふんわりとしたパンに染み込んでいった。

「わふっ⁉（こ、これは、まさか⁉）」

子供の頃、夢にまで見た、アルプス系なあのパン……⁉

チーズだけじゃなくて肉まで追加されていて、さらに美味《うま》そうだ！

「ほら、持っておいてやるから、かぶりつけ」

そう言って、ゼノビアちゃんは無愛想にパンを差し出してくる。

皿がないから、地面に落ちないようにしてくれてるんだな。

ゼノビアちゃんまじツンデレ。ペロペロしたい。

「食わんのなら私が先に食うぞ」

「わんわん（あっ、食べます食べます）」

とろりと溶けたラクレットチーズの甘く強い香りの中に、燻製肉に使われるりんごの木片《チップ》のさわやかさを感じる。

二つの香りがミックスされて、俺の鼻腔《びこう》を花のように満たした。

「わん！（もう絶対食べる前から美味《おい》しい！　いただきまーす！）」

ゼノビアちゃんの手から、ありがたくアルプス的なパンを頂戴する。

「お、おい。そんなに慌てなくていい。さっきのは冗談だ。落ち着いて食え」

チーズの強い香りと燻製肉の濃厚な旨味《うまみ》、そして噛《か》めば噛むほど染み出してくる黒パンの甘みが合わさって、シンプルながら深い味わいを生み出している。

いや、これめっさ美味いですわ。

社畜時代、喫茶店のモーニングにこのメニューがあったら、元気バリバリで働けただろうなぁ。

まぁ、モーニングなんて優雅なもの、食べたことなかったですけどね！

つらい……。

前世のことなど忘れよう。今の俺は幸せな犬なのだから。

俺がパンを平らげたのを見届けると、ゼノビアちゃんは自分の分を焼き始めた。

普段はあんなに敵視してくるくせに、こういうときは俺の食事を優先してくれるなんて、ゼノビアちゃんは本当にツンデレさんだなぁ。

絶対いつかペロペロしよう。

俺は心にそう誓った。

†　†　†

「……本当のところはな。お前が悪意など持っていないことは、分かっているんだ」

満天の星の下、川のせせらぎだけが聞こえる静かな夜。沸かした湯で濃縮した果実酒を割ったものを飲みながら、ゼノビアちゃんがぽつりとつぶやいた。果実酒のアルコールは低く、体を温めるには少しもの足りない。

薪《まき》の火は弱まり、木の枝で灰をかき回して、燃え残りで暖を取る。

弱々しい火に照らされたゼノビアちゃんの横顔は、普段の猛々《たけだけ》しさを失い、どこか物憂げだった。

「お前は、芯からお嬢様になついている。それは分かっている。だが、私の勘がお前は危険だとささやくのだ」

「くーん（いや、シリアスなところ悪いですけど、その勘、外れてますぜ）」

この俺はどう見ても可愛《かわい》いペットでしょうが。

ちょっと体が大きくて、ちょっと顔が怖いだけだよ。

目をつぶって見逃してよ。

「お前の身にまとう覇気は尋常ではない。これからどれほど成長するのか、まるで想像がつかないのだ。私が過去に対峙《たいじ》してきたどの魔物よりも、お前は強大になるという予感がする」

ぎりっと、ゼノビアちゃんは強く歯を噛《か》み締《し》めた。

「今はおとなしいかもしれん。だが、いつかお前が魔性を取り戻して誰かを傷つけないとは限らない。私はそれが恐ろしいのだ。お前がご当主を、お嬢様を、屋敷の人たちを、傷つける日がやって来るのではないかと……。もしそうなったら、私は……」

　ゼノビアちゃんは膝を抱え込んだ。

　ぎゅっと身を丸める姿は、どこか捨てられた子犬のように思えた。

「あの人たちは、こんな私を家族のように迎え入れてくれた。戦うことしか能のない私には、この剣でしか彼らに報いることが出来ない。だから、たとえ恨まれても、私は、貴様を……！」

「くふん（おやすみなさーい）」

　俺は前足を枕にしてうつぶせになった。

「あっ、貴様！　人が真面目《まじめ》な話をしているというのに！　聞け！」

「くぅぅあぁぁっふ（知らん知らーん。俺は駄犬ライフを送るためにだけ生きてるの。ゼノビアちゃんの勘が当たる日なんて絶対来ないし。聞くだけ無駄無駄）」

　俺は大きくあくびをすると、ゼノビアちゃんから顔をそむけて目を閉じた。

　まったく、人の身でありながらそんな捨て犬ムーブしよってからに。

　思わず拾って、ボクが育てるって言いそうになったわ。

このあざとさ。やはりゼノビアちゃんは、俺のペットライフにおける終生のライバルのようだ。

当家の穀潰《ごくつぶ》しの座は譲りませんよ！

† † †

「ふたたびこの剣を握る日が来ようとはな……」

朝日が顔を出し始めた頃、仮眠を終えた俺たちは、出発の準備を整えていた。

といっても、わんこな俺は毛づくろい程度しかやることがなく、すぐ暇になってゼノビアちゃんの作業を見物することになった。

ゼノビアちゃんは河原に置いた鉄のケースを開き、内部に収まっていたものを組み立てていく。

後ろから覗き込むと、その両手には巨大な剣の刀身と、長い柄《つか》が収まっていた。

分割収納されていたのだろう。今つなげたグリップまで含めれば、ほとんどゼノビアちゃんの身長と同じ長さがある。

剣の先端は丸く大きく膨らみ、横幅も厚みも規格外だ。

巨大な鉄の塊をそのまま剣の形に鍛え上げたような、馬鹿げたサイズの武器だった。

果たして、こんなものを誰が振れるのだろうか。

「我がレオンハート家に代々受け継がれし魔剣だ。銘を《屠竜砕断《ドラグ・ヴェイン》》という。我が祖たる戦神ゲオルグはこれで邪竜を屠《ほふ》ったそうだ」

刀身はドス黒く、重厚で、まるで血管のようなヒビがいくつも走っている。

邪竜の血を吸って呪われたと言われたら、信じてしまいそうなほど禍々《まがまが》しい凄《すご》みがあった。

「この剣は今回の討伐にうってつけというわけだ。偉大な竜殺しの子孫である私が、同じく竜退治に赴くことになろうとは。これも戦神の思《おぼ》し召《め》しか」

「わふっわふっ⁉（違いますよ⁉　ゼノビアちゃん⁉　目的は討伐じゃないですからね⁉　竜零草をこっそり取りに行くだけ！　今回の任務はスニーキングミッション！　バトルはないの！）」

俺が慌てて吠《ほ》えると、ゼノビアちゃんは口端を少しつり上げる。

「冗談だ。だが、見つかった場合のことは、常に想定しておかねばならん」

接続部のガタツキがないことを確認し、ゼノビアちゃんは工具をケースにしまう。

改めて見ても、人間に持てるようなサイズとは思えなかった。

俺の心配をよそに、ゼノビアちゃんはそんな馬鹿デカい剣を、あっさり持ち上げてみせた。

「わふっ⁉（ファっ⁉）」

ぐぐって感じじゃなくて、ふわって感じだ。

「わふぅっ⁉（なんでそんな軽く持てるの⁉　おかしいおかしい！　物理法則！　物理の法則が乱れる！）」

木でできた棒きれか何かのように、ゼノビアちゃんは大剣を軽く持ち上げ、握りを確かめている。

「いかんな、重い。体がなまっている」

「わんわん（まったく重そうには見えない上に、余裕でブンブン振ってますけどこの人⁉）」

ゼノビアちゃんが剣を振り回すたびに風圧が発生し、河原の重い石すら揺れ始める。

素振りの速度は振るほどに増していき、その剣風はまるで竜巻のごとしだ。

「冒険者をやめ、ファルクスのお屋敷で世話になることになったあの日。私はこの剣を捨てるつもりだった」

なんでその時にちゃんと捨てておかなかったんだ。

こんな物騒なもん、そのまま破棄してくれればよかったのに。

「だが、どうしても出来なかった。家宝ということもあるが、こんな時がいつか来るという予感もあったのだろう」

ゼノビアちゃんの剣舞は佳境へ向かい、少しの乱れもなく、大剣はピタリと静止する。遅れて、砕断された空気が風となって辺りに吹きつけた。風に当てられた俺の頬肉《ほほにく》がブルブルする。

この剣やばい。今までのポキポキ折れるニセモノとはぜんぜん違う。

本物の、魔物を殺す武器だ。

そして、このとてつもない重さの武器を振れるゼノビアちゃんは、もっとやばい。

こんな鉄の塊をあんな速度でぶち当てられたら、どんな魔物でも木っ端微塵《こばみじん》だ。

「ふむ……」

大剣を背中の剣帯に装着したゼノビアちゃんが、俺をじっと見下ろしてくる。

「わ、わふっ（な、なんで俺を見つめてくるんですかね？　……まさか試し切り!?　試し切りする気なの!?）」

それはいかんよキミ！

死ぬ！　そんなもん脳天に叩《たた》き込まれたら、流石《さすが》に死ぬ！

「……行くぞ。私には目的地が分からない。お前が頼りだ」

「わ、わふっ（い、イエス・マム！）」

俺の心配は杞憂《きゆう》だったようだ。

ゼノビアちゃんは何を思ったのか、俺をじっと見つめたあと、踵《きびす》を返した。

良かった。竜退治の前座に殺されるかと思った。

俺は命拾いをしたことに感謝し、また間違った方向へ歩いていくゼノビアちゃんを先導するのだった。

† † †

滝の音を頼りにしばらく進み続けると、目的の場所は見つかった。

高い崖から、凄《すさ》まじい水量で流れてくる大瀑布《だいばくふ》。

まだ離れているのに、霧化した水しぶきが顔に当たるほどだ。

足の裏に伝わる地面の感触も、ジクジクとした苔《こけ》の柔らかみを感じる。

油断すると喉に入った湿気でむせそうだ。

俺たちが休憩していたあの河原にも、滝の一部が流れているのだろう。

「わん（ガロの話だと、滝の裏側に竜の棲処があるらしいけど）」

横から行けば、滝の裏側へ回り込めそうだ。

濡《ぬ》れて滑る岩場に注意しながら、俺たちは先を急いだ。

滝が目の前まで迫ると、水の音は鼓膜が破れそうなほど大きくなった。

水流に巻き込まれないよう、岩壁に体を預けながら滝の裏側へ回る。

「この中か……」

水しぶきで濡れた髪をかきあげて、ゼノビアちゃんがつぶやいた。

俺たちの背後には、凄まじい速度で流れ落ちる滝があり、そして正面には、大きな洞窟への入り口があった。

初夏だというのに、肌寒いほどの冷気が中から吹きつけてくる。

「行くぞ」

「わふっ（ゼノビアちゃん、分かっとるな？　草を見つけたらダッシュで逃げるんやで？戦闘はできる限り避けるんやで！）」

最悪の場合、俺の命だけは守ってください。

おなしゃす！

「ほら、早く行け。お前が先導しなくてどうする」

「くぅーん（ああ、やっぱり俺が前なのね……）」

竜と遭遇したら、まじで逃げるからな。

そこんとこよろしく頼むぜ、ゼノビアちゃん。

† † †

「広いな……」

つぶやいた声が谺《こだま》するほど、洞窟の中は広かった。

鍾乳石《しょうにゅうせき》が垂れ下がった天井なんて、お屋敷の屋根より高い位置にあるんじゃなかろうか。

こんな広い空間に棲《す》んでいる竜ってのは、一体どれほど大きいんだろう。

竜の存在に怯《おび》えながら洞窟を進んでいくが、今のところは何の気配も感じない。

俺の鼻も、おかしな臭気は捉えていない。

危険はないが、成果も見当たらないといったところだ。

最悪なのは、竜の伝説が嘘《うそ》で、ここには竜零草が生えていないというパターンだ。

そうなると、俺たちはまったくの無駄足を踏んだことになる。

竜に遭遇はしたくないが、ここに棲んではいてくれ。でもってたまたま出かけていて、留守だったりしたら最高。

草だけ取ったらすぐおいとまします。お構いなく。

「竜め。どこに隠れている」

いらついた様子でゼノビアちゃんが剣の柄を握る。

「わふっ⁉（ゼノビアちゃん⁉　違うでしょ⁉）」

なんで戦いたそうにしてるの、この人⁉

俺たちの目的は草であって戦じゃないですよ⁉

俺は気が気でないまま、洞窟の奥を目指して歩き続ける。

洞窟内は夜の森と同じくらい暗いが、夜目の利く俺たちには関係ない。

真っ暗闇の中を進み続けると、洞窟の奥で何かがぼんやりと光っているのが見えた。

「わふっ（もしかして、あれじゃね⁉）」

花のような甘い香りもする。俺は灯りと匂いに導かれるように駆けた。

途中、道が二手に分かれているようだったが、迷わず光っている方を選ぶ。

「ま、待て、慌てるな」

少し遅れてついてきたゼノビアちゃんと一緒に、灯りのもとまでたどり着いた。

「これは……！」

「わんわん！（しゅ、しゅげぇぇぇぇぇぇ！）」

行き止まりになっていたその空洞は、緑色の燐光《りんこう》であふれていた。

鈴蘭《すずらん》のような植物が、空洞内に密集して生えている。

茎も葉も透明で、垂れ下がる花の一つ一つが淡く発光している。植物というより、ガラスで出来た工芸品のようだ。

幻想的な光景に、俺たちはしばし目を奪われた。

「これが竜零草、か……？」

「わふ……（たぶん……）」

植物らしいものなんてこれ以外には生えていなかったし、こいつで確定だろう。

どれだけ必要なのかは分からないが、ゼノビアちゃんの持ってきたカバンに詰め込めるだけ詰め込んだ。

「よし、これだけあれば……」

「わんわん（用が済んだら、トンズラだぜー！）」

竜零草でパンパンになったカバンを肩にかけ、ゼノビアちゃんが立ち上がる。

もうこんなところに長居は無用だ。

急いでヘカーテのもとへ届けて、メアリお嬢様の薬を作ってもらわねば。

竜零草の生えていた空洞を出て、俺たちはもと来た道を駆け戻る。

そして、出会ってしまった。

想像を遥《はる》かに超える、巨大な蒼竜《ブルードラゴン》に。

「GROOOUUUUUUUUU……」

竜の低い唸《うな》り声《ごえ》が、洞窟を震わせる。

大きい。なんてものじゃなかった。

洞窟の高い天井に、頭を擦《こす》りつける程の巨軀《きょく》。

全身を覆う鱗《うろこ》は、分厚い鎧《よろい》のように鈍く輝き、四肢は捻《ひね》くれた樹木のようにたくましい。

どれほどの時を生きているのか、頭に生える四本の角は枝分かれし、王冠のような複雑さを描いていた。

「GRRROOOO……」

熱量を伴った息が、蒸気となって吐き出される。

黒い瞳に黄金の瞳孔が縦に走り、立ちすくむ俺たちを見下ろしていた。

その無機質な瞳には、何の感情もうかがえない。

路傍の石でも見下ろすかのごとき、上位者の視線だった。

生物としての格が、違いすぎる。

「わん（うむ！）」

俺はキリリとした顔で、竜を正面から見つめ、失禁した。

じょばーっと。

07 絶体絶命！ と思ったら良いやつだった！

拝啓、お嬢様。

あなたの愛するペット、ロウタです。

無事、竜零草《りゅうれいそう》を見つけましたが、持ち帰るのは少し時間がかかりそうです。

必ず持ち帰りますので、もう少しお待ちくださいね。

さて、前世を含めれば、もうすぐ三十歳になろうという私ですが、本日めでたくお漏らしを経験してしまいました。

恥ずかしながら、全開です。

膀胱《ぼうこう》がカラになる勢いで放出しました。

というか、現在も漏らしてる最中です。

じょびじょばです。

足元に水たまりができています。

うあああああ、恥ずかしい！　恥ずかしいよう！

三十歳の失禁、恥ずかしいよう！

「……（キリッ！）」

なんとかごまかせないかと、キメ顔でドラゴンを見上げていますが、心の中では七転八倒しています。

あああ、やだぁぁぁ！

絶対ゼノビアちゃんも気づいてるよう！

ジョバーってゆってるもん！　ジョバーって！

こういう時に限って全然止まらねえええ！

「GOOAAAAAAAA!!」

眼前にそびえ立つ竜が、咆哮《ほうこう》した。

ビリビリと空気が震え、砕けた鍾乳石が落ちてくる。

こりゃまずい。お怒りだ。

「ゴフゥゥゥ……」

金属質の蒼鱗《そうりん》に覆われたドラゴンが、大きく息を吐いて、高い位置にあった頭を下げてきた。

俺は恐怖でまるで動くことが出来ない。

あと、いま動くとおしっこが足にかかる。

「ＧＯＲＲＵＯＯ……（人の巣へ勝手に上がり込んだ上に、縄張りの主張までするとは……。おぬし、ずいぶんと豪気な男子《おのこ》じゃのう……）」

やっべえ。とんでもないことしちゃったんじゃないの、俺。

今気づいたが、俺はこいつの言葉が分かるらしい。

ガロたちと同じだ。唸り声に合わせて、竜の言っていることが伝わってくる。

「く……っ」

熱い鼻息がかかるほどの距離にドラゴンの顔が近づき、ゼノビアちゃんが息を呑《の》んだ。

かすかにカチカチと歯が震える音も聞こえてくる。さすがのゼノビアちゃんもこのドラゴンの前では怯えを隠せないようだ。

その気持ち、分かるぞ。俺も四つの足がプルプルしてるもん。

ゼノビアちゃんは失禁してないだけまだ偉いよ。俺もう我慢すら諦めたもん。

好きなだけ放出するがいい、俺の体よ。

蛇に睨《にら》まれた蛙《かえる》どころか、恐竜に睨まれた虫けらの気分だ。

ぷちって踏み潰されて終わりだな、これ。

「GARROOOO……！（ククッ、クハハハッ！　おぬし、おもしろいのう。わしを前にしてその度胸。おおいに気に入ったぞ。どれ、茶でも馳走《ちそう》してやろう）」

ドラゴンが朗らかに笑う。

顔が笑っているわけではないが、伝わってくる声に敵意はない。

え？　まさかの怒ってないパターン？

泥棒されて家に小便までひっかけられたら、普通は怒ると思うんだが。

このドラゴン、もしかして相当いいやつなのでは。

ひとまずの命の危機は去ったようだ。そして俺の小便もようやく止まった。

改めてドラゴンの顔を観察する。ここまで顔が近づいてくると、怖いってレベルじゃないな。俺なんかひと呑みにされちゃいそうなサイズだ。

「GURRROOOO……（そこな人間の娘と一緒について参れ。この巣へ来る客人などめったにないことじゃからな。この蒼竜レンヲヴルムの名にかけて、心ゆくまでもてなしてやろう）」

おお、これは本当に平和的解決になりそうだぞ。

良かった。流石《さすが》にこんなのと戦うなんて無茶だ。

ペロリとおやつにされちゃいますよ。

俺はほっとして、ドラゴンに返事をしようと口を開いた。

「に、逃げろ……」

それを遮るように、ゼノビアちゃんが震える声で言った。

「わん（あ、しまった）」

ゼノビアちゃんには、この竜の言ってることが分からない。

副音声がない状態で、竜がやったことを思い返す。

洞窟が震えるほどの咆哮をしたあと、ゆっくり顔を近づけてきて低く唸《うな》る。

うむ、どう見ても『今からお前らを喰《く》うぞ』って感じですね。

「わんわん！（ゼノビアちゃん待って！　ステイ！　ステーイ！）」

「お前はこれを持って逃げろ。こいつは、刺し違えてでも私が倒す！」

俺の必死の叫びもむなしく、ゼノビアちゃんは竜零草の入ったカバンを投げよこすと、背中の大剣を抜き放った。

「ハァァァァァァアッッ!!」

柄《つか》を握りしめて気合を入れると、剣から黒い煙のようなものが立ちのぼってくる。

「GAROOOOO……（な、なんじゃ、おぬし。剣など抜きおって。ちゃ、茶は嫌いか？　菓子もあるぞ？）」

ドラゴンさん違うの。

言葉が通じてないの。

お願い気づいて。

「行け！　ロウタ！　お前だけでも！　お嬢様のところへ！」

ああ、初めての名前呼びがこんなところで……！

嬉《うれ》しい、けど嬉しくない！

ゼノビアちゃん！　その決死の覚悟、意味無いから！

悲壮感出してるところ悪いけど、戦うのやめて！

無用の戦いどころか、引《ひ》っ掻《か》き回《まわ》してるだけだからぁ！

しかし、人ではない俺の言葉がゼノビアちゃんに届くことはなく、大きく振りかぶった大剣は、たじろぐドラゴンの顔面に容赦なく叩《たた》き込まれたのだった。

「わふっ（どうせその大剣もニセモノなんだ！　そうに違いないんだ！　てか、そうじゃないと困る！　あ、そーれ！　ぽきーん！　ぽきーん！）」

俺は音頭を取って、いつものように剣が折れることを祈る。

竜の硬い鱗は、ゼノビアちゃんの大剣をたやすくへし折る。その光景を願って目をつぶる。

俺の願いは――打ち砕かれた。

鱗と肉を切り裂く凄《すさ》まじい斬撃音が響き渡る。

「GUGYAAAAAAAAAAAっ⁉」

効いちゃったあああああ⁉

なんでこんな時だけ本物なんだ！　先祖代々、ニセモノを家宝として奉っていたという
オチはないのか！

誰にとっても無慈悲な一撃は、堅牢《けんろう》な鱗《うろこ》を切り裂いて、ドラゴンに大ダメージを与えた。

「GUROOOOOOOOOO⁉（い、痛ああああああああああっ⁉）」

顔面から大量の血を流しながら、ドラゴンは大きくのけぞる。

「GURRROOO……⁉（な、何故《なぜ》じゃ。何故わしを攻撃するのじゃ……⁉）」

それは言葉が通じていないからですよ！

「わんわん！（おいあんた！　人間の言葉は喋《しゃべ》れないのか⁉　話が通じていないんだ！

戦う気がないなら、説得してくれ！）」

ちなみに俺は足がすくんでまったく動けない！

頑張れドラゴン！　俺の代わりに！

「GAROROO⁉（なんじゃと⁉　しまった！　人族と話すのは千年ぶりじゃから、忘れ

ておった！　話せる！　わし、人間の言葉を話せるぞ！）」

「わん！（いいぞぉ！　喋れるんなら、そのまま説得してくれ！）」

「んんっ、エグ・ヘフ・エッキ・オヴィン！　ヴィオ・スカルフム・ファ・メオ！」

「わん⁉（何語⁉）」

喋れてないじゃん⁉　どこの言葉だよ、それ！

「呪文の詠唱か⁉　させん‼」

最初の一撃が効いたことで、緊張がほぐれたのか、ゼノビアちゃんは果敢にドラゴンの前脚へ切り込んだ。

「ＧＡＲＯＯＯ‼（痛い！　な、何故じゃ！　このあたりの人族の公用語じゃぞ⁉　千年前に覚えたから間違いない！）」

千年前の言葉が通じるわけないでしょおおおおおお‼

支配する国が変われば言語だって変わるし、同じ国の言葉だって千年経《た》てば別物だ。

ドラゴンの時間感覚こわい。

「このまま押し斬る‼」

ゼノビアちゃんが握る大剣から立ち上るオーラはますます力強さを増し、鋭い斬撃がドラゴンの体を傷つけていく。

「GUROOOOOO！（痛っ、痛い！　や、やめ！　おい！　痛いと言うとろうが！　おぬし！　……い、いい加減に……！）」

ドラゴンは体中を切られながら痛みにのたうっていたが、ついに堪忍袋の緒が切れる音がした。

「GAROOOOOOOOOOOO!!（いい加減に、せんかああああああああああああああああっ!!）」

翼を広げた風圧で、ゼノビアちゃんが弾《はじ》き飛ばされる。

「がはっ!?」

受け止める暇すらなかった。ゼノビアちゃんは俺のとなりを通り過ぎ、洞窟の岩壁に背中をしたたかにぶつけて、ずるずるとずりおちてきた。

大剣を手放し、砕けた岩に埋もれたまま、ピクリとも動かない。

完全に気を失っている。

「わふっ!?（うそっ、一撃!?）」

「GAAAAAARUOOOOOO!!（盗みは許す！　小便も許そう！　だが、無抵抗のわしを何度も斬りつけるとは何事じゃ！　仕置きしてくれるわ!!）」

俺が驚愕《きょうがく》している後ろで、ドラゴンが完全にブチ切れている。

どう考えてもこちらに非がある上に、ドラゴンの言っていることが全面的に正しい。

言葉が通じなかったとはいえ、竜の寛容さを踏みにじったのだ。

喰われてしかるべきだろう。ゼノビアちゃんの運の悪さ、ここに極まれり。

「わん（かと言って、放ってはおけないんだよなぁ……）」

ようやく動けるようになった俺は、気絶したゼノビアちゃんを背後に守り、ドラゴンの前に立ちふさがった。

「GAROOOOO……（どけ。おぬしをどうこうする気はない。そこの娘にちょいと仕置きをするだけじゃ）」

ドラゴンの目は怒りに血走り、鼻息も荒い。

本気で怒っている。

「わんわん（いや、そうしたいのは俺も山々なんだけど、色々と引けない事情があるというか。……ちなみにお仕置きっていうのは、どの程度のものなんかな？）」

「GUROOOO……（知れたこと。わしがやられただけのことを、こやつにも受けてもらうのじゃ）」

あの大剣と同じだけの攻撃を、人間であるゼノビアちゃんが受けたら、バラバラですがね。

「わんわん（いやでもほら、もう気絶しちゃってるし。おとなしく出ていくんで、これで手打ちというわけには……）」

「GAROOOOO……（不許可じゃ。乙女の体を傷つけておいて、それは通らぬのじゃ）」

お前、雌なのかよ。

自分で乙女とか言っちゃうのかよ。

「わんわん（お願い！　見逃して！）」

「GAROOOO……（駄目じゃと言うとろうが。まとめて仕置きされたくなければそこをどけい）」

「わんわん！（そこをなんとか！　お願い！）」

「GUROOOOOO……（しつこいのじゃ！　おぬしに恨みはない！　ええい、どかぬか！）」

「わんわん！（そこをなんとか、そこをなんとか、大目に見てくださいよおおおおおおおおおおっ!!）」

ガオォォォォォォォォォォォォォォォォォンッ!!

あっ、ビーム出ちゃった。

俺の渾身《こんしん》の懇願が、白い閃光《せんこう》となって口から吐き出される。

不意を突くことになった光撃が、ドラゴンの顔めがけて真っすぐ伸びた。

「GURRO⁉（あぶなっ⁉）」

ビームがぶつかる直前、ドラゴンの前に現れた魔法陣のようなものが、それを逸《そ》らす。

弾かれたビームは、角度を変えて洞窟をくり抜きながら外へ飛び出ていった。

「GAROOOO！（初手から究極破壊魔法じゃと⁉　わしじゃなかったら、今ので死んでおったぞ⁉）」

思わぬところでビームの正体が判明した。

これは魔法だったのか。わりとどうでもいい情報だが。

そんなことより、ドラゴンの説得を自分でご破算にしちまった。

これはまずい。

「GAROOOOOOOOO‼（おぬしは見逃してやると言うたのに、これがその返事か⁉　もはやおぬしも同罪じゃ！　諸共《もろとも》に喰らえい！）」

ドラゴンが大きく息を吸い込むと、いくつもの魔法陣が口の周囲に多重展開した。

「GAROOOOOOOOOOOOOOOON‼」

とぐろを巻く青い炎が、俺とゼノビアちゃんに向かって吐き出される。

「ガオォォォォォォォォォォォォォォォォォォォォンッ!!（死にたくなあああああああああああああああいっ!!）」

俺の悲鳴はビームへと変換され、青い炎と相殺しあう。

「GAROOOO……（ぬぬ、わしの魔法の中でも最高威力である焼滅魔法をしのぐとは……！　やりおるな、おぬし！　山の一つや二つは溶岩の海に変える炎じゃぞ!?）」

「わんわん！（そ、そんな物騒なもん、ひとに吐きかけるんじゃねえ！　殺す気か!?）」

「GARO！（最初に殺そうとしたのは、おぬしじゃろうが！）」

「わんわん！（うっせえ！　千年単位の引きこもりめ！　ちょっと怪我《けが》したくらいでギャンギャン言うな！）」

「GARO！（だ、だだだ、誰が引きこもりじゃ！　ちゃんとたまにはお出かけしとるわい！　百年に一回くらいは鱗を干しに外へ……）」

「わんわん！（筋金入りの引きこもりじゃねえか！　もうそのまま穴蔵に引きこもって苔《こけ》生《む》してろ！　この千年喪女！）」

「GAROOOOOOO！（なな、なんでそこまで言われにゃならんのじゃ！　そのモジョという言葉、凄まじい侮蔑の感情を感じるのじゃ！　許さん！　許さん！　絶対に許さああああん！）」

喧々囂々《けんけんごうごう》の口喧嘩《くちげんか》に混ざって、ビームとブレスが応酬する。

炎が岩を溶かし、光が風穴を開ける。

俺たちの攻撃の余波で、洞窟はぼろぼろだ。

「ぜぇ……ぜぇ……」

「ゴフゥゥゥ……ゴフゥゥゥ……」

同時に息切れした俺たちは、疲弊した様子で睨《にら》み合う。

「GAROO……（な、なぜおぬしは、そうまでしてその人族の娘をかばう……。見たところ、おぬしは魔狼族《まろう》じゃろう？　千年前の因縁で魔狼族は人間のことをひどく嫌っておるはずじゃ。元はといえばその娘が先走らなければ起きなかった争い。そんな愚かな娘など放っておけばよいじゃろう……？）」

疲れた様子で、蒼竜《そうりゅう》レンヲヴルムが問う。

「わんわん……（……たしかにお前の言うとおりかもしれん。ゼノビアちゃんは常に俺の命を狙ってるし。というか二回ほどすでに切られてるし。多分助けたところで、また懲りもせず切りかかってくると思う）」

まごうことなき脳筋だからな、ゼノビアちゃんは。

「GUROO……（ならば、なぜじゃ……？）」

「わんわん……（そうだな、俺はこう考える。このあと目が覚めて俺に助けられたと知ったら、ゼノビアちゃんは悔しさで泣くだろう。なぜ貴様なんぞに、と。魔物なんぞに助けられて情けない、と）」

それはもう盛大に、ボロボロと泣く未来が見える。

「わん！（そんな涙と鼻水でぐちゃぐちゃになったゼノビアちゃんの泣き顔を、俺は思う存分ペロペロしたい。助ける理由なんて、それで充分だ！）」

俺はキリリと顔を引き締め、宣言した。

「…………」

「…………」

洞窟に開いた穴から隙間風が吹き込む。

「GA、GAROOOOOOOOOOOOON‼（へ、変態じゃーーーーーーーーーーーーーーーーーーーーーーーーーーっっ⁉）」

「ガルロオオオオオオオオオオオオオオオオン‼（うるせーーーーーーーーーーーーーーーーーーーーーーーーーーーーーーっっ‼　ペロリストを舐《な》めるなぁぁぁぁぁぁぁぁぁぁあぁぁっっ‼）」

共に吐き出された最大級の咆哮《ほうこう》は、凄まじい閃光と轟音《ごうおん》を巻き起こし、視界を真っ白に染めた。

収束した白い烈光と、燃えさかる蒼い獄炎は、うねりを持ってぶつかり合い、そのエネルギーを拡散させた。

その余波は洞窟を削り、焼き尽くし、あらゆる場所で崩落を招いた。

魔力の奔流はまばゆいばかりの白い閃光を呼び起こし、あまりの眩《まぶ》しさに俺は目を閉じる。

そして徐々に閃光が収まり、静まり返った洞窟で目を開けると、そこには全身から黒煙を上げるドラゴンの姿があった。

巌《いわお》のような巨体がぐらりと傾く。

「GUROOO……（わしの、負けじゃ……）」

ずうん、と重い地響きを立てて、蒼竜レンヌヴルムはくずおれた。

長い首が、俺のすぐそばに横たわる。

傷だらけのドラゴンは息も絶え絶えに口を開いた。

「GAROOO……（まさか、このわしが敗れる日が来るとはのう……。しかもこんな変態に……）」

変態言うな。

ペロペロしたいのは犬のサガじゃ。

「GUROO……（いやはや、長生きはするものじゃな……）」

地に伏したドラゴンは、静かにその目を閉じる。

「GUROO……（わしはもう満足じゃ。さぁ、とどめを刺すがよい……）」

「わん（いやあの、雰囲気出してるところ悪いんだけど、刺さないからね？）」

そもそも今回の戦いは、誤解から生まれたわけだしな。

レンヲヴルムだったたか。こいつがもう戦う気はないっていうなら、これ以上やりあう必要なんてない。

「GAROOO……（なんと、わしの命を救うというのか。竜殺しは誉《ほまれ》じゃぞ？）」

「わん（知らん知らん。ペットがそんなもん手に入れてどうすんだ）」

俺が欲しいのは、甘やかされながら食っちゃ寝する怠惰な毎日だけだ。

それ以外に欲しいものなど何もない。

何度でも言おう。駄犬生活《ペットライフ》は最高である、と。

「GAROOO……（ふっ、豪気な上に寛容で謙虚な男子《おのこ》よ。変態であることを除けば優良物件よなぁ……）」

千年級喪女ドラゴンから、熱いターゲッティングを感じる。

しかし俺はケモナーじゃないので、まったく嬉《うれ》しくない。

あと、変態言うな。

それより、こいつの怪我は大丈夫なのだろうか。

切り傷に焦げ跡だらけで、かなりひどい状態なんだが。

「GUROOOO……（ふ、案ずるでない。この程度の傷、少し休めば勝手に癒える。そなたとの喧嘩《けんか》は存外楽しかったぞ）」

「わんわん（俺はもう二度とやりたくないね。まぁでも、こんなところで一人でいるのは寂しいだろ。また今度遊びに来てやるよ）」

こうして話してみて分かった。レンヲヴルムは悪いやつじゃない。

色々迷惑をかけちまったし、ジェイムズのおっさんの料理を土産《みやげ》に挨拶しに来るくらいはいいだろう。

「GAROOO……（こんなところとはひどいやつじゃ。わしの巣をこんなになるまで破壊したのは、半分おぬしじゃろ）」

「わん（……はい、すんませんでした）」

「GAROOO……（クハハ、冗談じゃよ。わしはもう寝る。巣にあるものはなんでも好きに持っていくがよい。竜退治にお宝は付きものじゃからのう）」

そう言うと、レンヲヴルムは体を丸めて、目を閉じてしまった。

「わん（それじゃあな、レンヲヴルム。また会おうぜ）」

レンヲヴルムは大きな尾の先をひらひらと振って答える。

俺は自分と似通ったその怠惰な姿勢に苦笑して、ゼノビアちゃんを起こしに向かった。

†　†　†

「くーんくーん（ゼノビアちゃん、起きてくださいなー。ペロペロタイムのお時間ですよー）」

肩を鼻先でつっつくが、ゼノビアちゃんは起きる気配がない。

竜零草の入ったカバンはすでに見つけてあるので、あとはゼノビアちゃんを起こして屋敷へ帰るだけなんだが。

「くーんくーん（寝顔をペロペロしても楽しくないんですよー。起きて泣いて悔しがっているところをペロペロしたいんですよー。起きてー起きてー。そしてペロペロさせてー）」

「にゃーん（なかなか業の深い性癖をお持ちのようですね、ロウタさん……）」

後ろからいきなり猫の鳴き声がした。

俺はびっくりして飛び上がる。

「わふっ⁉（ふぁっ⁉　な、ナフラ⁉）」

「にゃー（はい、わたくしナフラです。ご主人様がそろそろ決着がついてるはずだから迎えにいけと仰るので、こうして参上いたしました）」

最初からそこにいたように、ナフラが俺の背後に座っていた。

驚く俺をよそに、のんきに顔を洗っている。

「わんわんっ（迎えにって、追いかけてきたのか⁉）」

「にゃーん（いえいえ、まさか。ロウタさんとかけっこして勝てるわけないじゃないですか。空間魔法の一種ですよ。ロウタさんを座標《アンカー》にして空間を跳び越えてきたんです……ですにゃ）」

魔法すげえ。瞬間移動とかできるのかよ。

あと、あいかわらず『にゃ』の取ってつけた感が半端ない。

「わんわん（ナフラ、お前、実はすごいやつだったんだな）」

「にゃーん（それほどでもー。私の魔力では三箇所に座標を設定するのが限界ですし。ご主人様の工房と、ガンドルフ様のお屋敷と、あとロウタさん）」

俺かよ。

個人にマーキングするとかありなのかよ。

「わん（……それ、俺の許可取ってないよね……？）」

いつでもどこでも俺の前に現れられるってことでしょ？

ペットにだってプライバシーはあるんですよ！

「にゃーん（ご主人様のご命令なので……。許してにゃん♪）」

ナフラは猫の手を顔の横に添えて、招くように動かした。

かーわーいーいー。ゆーるーすー。

くそう。あざとい。ナフラあざとい。

「にゃーん（それじゃあ、帰りましょうか。あちらで眠っている怖いドラゴンさんが起きないうちに）」

「GARROOO……（聞こえとるのじゃぞー……）」

「にゃっ！（はわわ！　急ぎましょう急ぎましょう！）」

眠たげな声でうなるレンヲヴルムに驚いたナフラが、ゼノビアちゃんの膝に跳び乗る。

「にゃーん（それじゃあ、転移しますよー。忘れ物はありませんかー）」

ナフラを中心に、白い空間が広がっていく。おそらくこの範囲内のものを瞬間移動させる魔法なのだろう。

カバンは持った。大剣は捨てておきたいが、残念ながらゼノビアちゃんのすぐ横に落ちている。

「にゃおーーーーーん！」

ナフラがひときわ高く鳴くと、景色が陽炎《かげろう》のようにゆがむ。

次の瞬間、そこは暗い洞窟ではなく、お屋敷の広い中庭になっていた。

見慣れた庭園に、大きな木、きらびやかな噴水。

その奥にでんと構える豪奢《ごうしゃ》なお屋敷。

見慣れた我が家だ。

「わん（本当に一瞬だったな……）」

俺たちが戦っている間に、太陽はもうずいぶん高く昇っていた。

明るい場所へ急に出たので、日差しが目に眩しい。

「はい、お帰りなさぁい。上手《うま》くいったようねえ」

魔女へカーテが帽子の広いつばをつまんで、俺たちを出迎えてくれていた。

「わんわん（これが竜零草であってるか？　数は足りてるか？）」

「あってるわぁ。充分よぉ」

カバンにぎっしり詰まった竜零草をヘカーテに渡す。

「それじゃあ、霊薬の精製をしてくるわねえ。ナフラはゼノビアちゃんを診《み》てあげてちょうだい」

「にゃーん（はーい。了解です、にゃ）」

「わんわん（頼んだぜ、ヘカーテ）」

「任せなさぁい」

優雅に立ち去るヘカーテを見送って、俺はお嬢様のところへ走った。

非常に惜しいが、ゼノビアちゃんの泣き顔ペロペロは次の機会だ。

廊下を駆け抜け、メイドさんとすれ違い、走ってはいけませんと怒られながらも、俺はお嬢様の部屋へと急ぐのをやめなかった。

「わんわん！（お嬢様！　薬取ってきたやで！　これですぐ良くなるからな！）」

前足を使ってドアを開け、お嬢様の部屋に駆け込む。

「あらあら、ロウタ。どこへ行っていたの？　お嬢様が心配していたのよ？」

メイドのミランダさんが椅子から立ち上がった。

お嬢様にずっと付いて看病してくれていたらしい。

目の下には少し疲労の跡があった。

「わん（ごめんやで！）」

ミランダさんに謝りつつ、お嬢様のベッドに前足をかけてその顔を覗《のぞ》き込む。

「……ロウタ？」

熱に浮かされた様子で、お嬢様が目を開く。

「ロウタぁ……！」

その目はすぐに涙でにじんだ。

「どこへ行ってたんですかぁ……。ずっと、いなくて……、心配したんですよ……！」

首に手を回され、ぎゅうっと顔を押し付けられる。

お嬢様の体は火のように熱かった。

ヘカーテの熱冷ましの薬があってこれだ。

とてもつらかったろう。

半日とはいえ、そんな心細い状態のお嬢様を放っておいたことに胸が痛む。

「くーんくーん（ごめんよ、お嬢様。だけど、お嬢様の病気を良くする薬、ちゃんと取ってきたから）」

「ロウタぁ……ロウタぁ……。どこへも行っちゃ嫌ですよぅ……」

「くーん（はいはい、もうどこにも行きませんからねー）」

ぐずつくお嬢様の抱擁は、ヘカーテが薬を精製して持ってくるまで続いた。

†　†　†

霊薬を飲んだお嬢様の熱は、みるみるうちに下がった。

夜にはベッドから起き上がれるまでになったお嬢様に、パパさんが泣きながら頬《ほお》ずりしている。

「おおおおお、メアリぃいいぃいぃいぃ！　良かった！　本当に良かったああああああああ!!」

「うふふ、お父様、お髭《ひげ》がくすぐったいわ」

すがりつくパパさんをお嬢様は優しくあやしている。

ああやっているとどっちが親か分からんな。

「お嬢様!!」

そこへ、ゼノビアちゃんが飛び込んできた。

ようやく意識を取り戻したらしい。

ナフラが治療したのか、レンヲヴルムとの戦いで負った怪我《けが》も治っているようだ。

「あっ、ゼノビアさん」

お嬢様がゼノビアちゃんの来訪に笑顔で迎える。

「お嬢様、ご病気は……!?」

「ええ、もうすっかり良くなりました。ゼノビアさんがお薬の材料を取ってきてくれたんですよね。ありがとうございます」

「ゼノビア君！　私からも礼を言わせてくれ！　本当にありがとう！」

滂沱《ぼうだ》と涙を流しながら、パパさんがゼノビアちゃんの手を握る。

「私も入手しようと方々へ手を回していたので知っているのだ。竜零草は竜の巣にしか生えない幻の薬草というではないか。危険を顧みずそのような場所へおもむき、メアリのためにドラゴンと戦ってくれたのだろう？」

「は!?　いえ、あの……！」

困惑するゼノビアちゃんを、パパさんは怒濤《どとう》の勢いで褒めちぎる。

「夜中、ここからでも遠くで光の筋が空を走るのが見えた。凄《すさ》まじい戦いだったのだろう。あれはやはりゼノビア君だったのだね。さすがは元ＳＳ《ダブルエス》級冒険者だ。きみをこの屋敷に招いて本当に良かった。ぜひお礼をせねば！　なんでも言ってくれたまえ！」

「いえ！　違います！　私はなにも出来ず……！」

ゼノビアちゃんにとっては大きな誤解だろう。

結果だけ見たら、ゼノビアちゃんのやったことって、場を引《ひ》っ掻《か》き回《まわ》しただけだからな。

最後は気を失って、気がついたら屋敷にいて、勝手に英雄扱いされている。

そりゃ困惑もするわな。

「違う……？　しかし、竜零草はこうして……。ゼノビア君ではないのなら、一体誰が……？」

ゼノビアちゃんの強い否定に、今度はパパさんが困惑する。

昨日屋敷を留守にしていたのは、ゼノビアちゃんと、もう一匹。

該当するのは、俺だけだ。

みんなの視線が、おすわりする俺に集まる。

「わふっ（……あっ！）」

や、やっべえええええええ！

竜零草を取りに行くことで頭が一杯で、その後のことをごまかす手段を考えてなかった。

フォローしてくれるヘカーテはこの場にはいない。

遠目にでも戦闘が見えた時点で、誰かがドラゴンと戦っていたのは知られてしまっている。

さすがにドラゴンと戦う犬なんて、みんなおかしいと思うだろう。

このままじゃ、俺の正体がバレちまう。

「ロウタ……？」

メイドのミランダさんが恐怖を湛《たた》えた瞳で見下ろしてくる。

「きゅーんきゅーん！（ちがうよミランダさん！　ぼくはただの可愛《かわい》くて白い子犬だよ！　そんな疑いの目を向けないで！　まじで！　お願い！　この生活を手放したくないのぉぉぉぉぉぉぉぉ！）」

すがりつこうとするが、ミランダさんは一歩下がってしまう。

ううっ、心が痛い……！

「ロウタ、まさか、お前が……？」

パパさんまで震える声で俺に問うてきた。

あ、あかん。当主であるパパさんにまで疑われたらおしまいや……！

どうする……！　どうする……！

いかん、なんにも思いつかん……！

「まさか、ロウタ、おまえは……」

「――は、ははは‼」

快活な笑い声が、その場の沈黙をかき消した。

「気づかれてしまっては仕方がありませんな！　そうです。私がドラゴンを倒し、竜零草を持ち帰ったのです！　手強《てごわ》い相手でしたが、いやあ、私の手にかかればこの通り！」

ゼノビアちゃんが胸を張って、得意気に話しだした。

「くーん（まさか、助け舟を出してくれてるのか……？）」

凄まじい大根役者っぷりだが。

ゼノビアちゃんの性格上、手柄を横取りするような真似《まね》は一番嫌うはずだ。

その上でこんな演技をしてくれるということは、すべては俺のため？

「おお、やはり、そうだったのかね！　流石《さすが》はゼノビア君だ！」

「は、はっはっは！　それほどでもありませんよ！　ロウタも何かの役に立たないかと連れて行ったのですが、怯《おび》えるばかりでなんの役にも立ちませんでしたよ！　やはりただの犬ですな！　はっはっはっは！」

やっぱりゼノビアちゃんは、俺の正体を隠そうとしてくれている。

心にもない嘘《うそ》を言うその手が、震えるほど握りしめられているのがその証明だった。

堪忍や。堪忍やでゼノビアちゃん。

ここは俺のためにそのまま耐えてくれ……！

パパさんたちによるゼノビアちゃんSUGEEEEEは、その後もしばらく続くのだった。

†　　†　　†

「がっふがっふ！（うめえ！　めっさうめえ！　やっぱおっさんのメシは最高じゃぜえええ！）」

最初の熟成を終えたばかりの魔物《イノシシ》の腰肉を、塩コショウだけして焼いたステーキを俺はがっつきまくる。

オーブンを使って極低温でじっくり火を通されたあと、強力な直火《じかび》で余分な脂を落とされた分厚い肉は、表面はカリッとしているが、中はほどよくレアだ。

火はしっかり通っていて生臭さは少しもないが、ジューシーさはそのまま健在。噛《か》むほどに旨味《うまみ》が肉汁となって溢《あふ》れ出てくる。

美味《うま》すぎる！　達人の焼き加減やでこれは！

「にゃーん！（本当に、美味《おい》しいですね！　ロウタさん！）」

「わんわん！（せやろ！　最高やろ！　せやけど、ナフラさん、ワイのご飯を横から取るのはやめて？）」

これ俺の！　あなたのはヘカーテが用意してくれてるでしょ！

「にゃー（えー、けち臭いこと言わないでくださいよう。半分こしましょ。ねえ、半分こ♪）」

「わんわん！（半分も食う気だったのかよ！　その図々《ずうずう》しさにびっくりするわ！）」

可愛く言っても許さないんだから！

「ちゅーちゅー（そうじゃぞ。身の程をわきまえんか、駄猫《だねこ》め）」

ちゅー？

今なんか変な鳴き声がした気がするんですけど。

「ちゅーちゅー（ううむ、しかしおぬしが言うとおり、この肉はすこぶる美味じゃ。良いぞ。もっと持ってまいれ）」

肉の乗った俺の皿を見下ろすと、小さな鼠《ねずみ》がちょこんと縁《ふち》に座っていた。

両手を器用に使って、肉の欠片《かけら》をぱくついている。

その毛は珍しいことに、鮮やかな蒼《あお》い色をしていた。

「にゃー！（ね、ねずみー!?　ねずみ怖い！　ロウタさん倒して！　ぺってやって！）」

ナフラが悲鳴を上げて跳びずさる。

「わふ……（猫のくせに鼠が怖いとか……。お前、本当に属性の多いやつだな……）」

「ちゅー（まったく、騒がしいやつじゃ。のう、ぬし様よ）」

蒼い鼠が俺の脚を伝って頭まで登ってくる。

「わふっ（お、おい）」

「ちゅー（なんじゃ、また会おうと言うたのはおぬしじゃろうが。じゃから、わしがこうしてわざわざ出向いてやったのではないか。ちゃんと饗《もてな》さぬか）」

このふてぶてしい喋《しゃべ》り方《かた》、聞き覚えがあるぞ。

「わん！（おまえ、まさか！　レンヲヴルムか⁉）」

「ちゅーちゅー（うむ、ようやく気づいたか。元の姿では人族を怖がらせてしまうからのう。こうして目立たぬ姿で忍んで参ったというわけよ。わしはちゃんと時と場所と場合をわきまえる賢い乙女じゃからの）」

そのＴＰＯを出会ったときにも発揮してほしかったぜ。

つーか、そんな自在に姿を変えられるのかよ。

もしかしてドラゴンの目撃情報が極端に少ないのって、他の生き物に変身して生活してるからなんじゃ……？

いかん。

世界の秘密の一端を知ってしまった気がする。

一介の犬には過ぎた知識だ。忘れよう。

「ちゅーちゅー（ま、そんなわけじゃ。しばらく厄介になるぞ、ぬし様よ）」

「わふっ⁉（はぁっ⁉　なんで⁉　帰らないの⁉）」

「ちゅー（わしの巣を破壊したのは誰じゃったかな？）」

「……くーん（ぼくです……）」

「ちゅー（分かっておるならよい。ううむ、おぬしの毛皮はなかなか寝心地が良いのう。よし、ここをわしの新たな巣とする！）」

巣って、俺の毛皮に住むのかよ！

しかし他人の家を壊してしまった手前、強くは言えない。

ダニでも飼ってる気分だ……。

「ちゅー（それからな、わしを倒したおぬしは番《つがい》として申し分ないと判断した。変態なところが心配じゃが、アバタもエクボじゃ。そのうち婿にしてやるからありがたく思え）」

この駄鼠《だねずみ》、とんでもないことを言い出した。

俺は間髪入れず即答する。

「わん（お断りします）」

「ちゅー！（な、なんじゃとー！　わしを竜族一の美姫《びき》と知っての狼藉《ろうぜき》か！）」

「わんわん！（だから、俺はケモナーじゃないって言ってんだろうがあああああああ!!）」

耳元で叫ぶ蒼鼠に、俺は怒鳴り返す。

「にゃーん（そうですねー。お肉、美味《おい》しいですねー）」

まるで話を聞いていないナフラの方を見ると、俺の前にあった皿がない。

「わん！（あっ、あいつあんな離れたところで、ひとりだけ肉食ってやがる！）」

「ちゅー！（なんと、欲深な駄猫め！　やってしまうのじゃ、ぬし様よ！）」

「わんわん！（ナフラ！　おめーに一つだけ教えといてやる！　食い物の恨みほど恐ろしいものはないんじゃあああああ！　おらあああ！　肉よこせ、肉ぅぅぅぅぅぅっ!!）」

「ぎ、ぎにゃー!?（い、いやあああああああ!?）」

これが、この先大変に長い付き合いとなる、駄犬・駄猫・駄鼠のトリオが結成された瞬間だった。

エピローグ

竜零草《りゅうれいそう》を持ち帰ったあの日から、一週間が経《た》った。

霊薬がしっかり効いたようで、お嬢様はもうすっかりお元気だ。

慌ただしかった屋敷は日常に戻り、俺はいつものように駄犬生活を満喫している。

今日もおっさんの昼飯をしこたま食って、木陰で昼寝をしているところだ。

微妙に違和感を感じるのは二匹の客が紛《まぎ》れ込んでいるからだろう。

背中には蒼い鼠が住み着いてるし、頭上の木の枝では紅《あか》い猫がいびきを掻《か》いている。

もうそこは目をつぶろう。こいつら言っても出ていかねーし。

お嬢様は病気が治っても相変わらずべったりで、今も俺に抱きついてくぅくぅと寝息を立てている。

いやー、モテモテでつらいわー。ペット冥利に尽きるというものである。

「おい、これは貸しだからな」

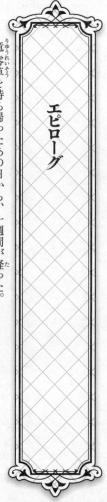

唐突に、木の裏側からゼノビアちゃんの声がした。

「気を失っていた私には、一体何が起こったのか分からない。だが、すべてはお前がやったことなのだろう？」

俺はゼノビアちゃんの問いに答えない。

なぜなら俺はただの飼い犬だから。

「まったく、私にあのような法螺《ホラ》まで吹かせて。恥ずかしいことこの上なかったぞ。だが、貸しと同時にお前には大きな借りがある。私一人ではどうにもならなかった。お嬢様を助けてくれて、ありがとう」

ひえっ。ゼノビアちゃんからお礼言われちゃったよ。

明日は雹《ひょう》でも降るんじゃなかろうか。

「それだけだ。勘違いするなよ。お前のことを信じきったわけではないからな。お前が魔性を取り戻すようなことがあれば、そのときこそ叩《たた》き斬る」

最後にそう釘《くぎ》を刺して、ゼノビアちゃんは立ち去っていった。

まったくもう素直じゃないんだからぁ。

ほんとペロペロしたい。

「わふ……（それにしても、いい天気だなぁ……）」

初夏の日差しは段々と強くなってきたが、木陰の下はまだまだ涼しい。

もう少し昼寝を楽しもうかと、組んだ前足に顎を乗せる。

その時、ざぁっと強い風が吹いて、お嬢様が目を覚ました。

「ふにゃ……」

「わんわん（おや、お目覚めですか、お嬢様。お勉強はまだお休みだし、ボール投げでもして遊びますかい？）」

寝ぼけまなこのお嬢様へ問いかけると、お嬢様はにへらっと表情を崩して、ふたたび強く抱きついてきた。

「良かった。ロウタ、ちゃんといました。……もうどこにも行っちゃ嫌ですよ」

「わんわん（はいはい。ロウタはずっとお嬢様のおそばにおりますよ。約束です）」

お嬢様は俺の目をじっと見つめて、それから大輪の花が咲くように笑った。

「ロウタ、大好きです！」

うむ。この顔を見れただけで、これまでの苦労はすべて報われた。

何度でも、何度でも、何度でも言おう。

ペットライフ最高おおおおおおおおおおおおおおっっ!!

~書き下ろしエピソード~

EX　優しい女神様！　と思ったらとんだポンコツだった！

「その願い、叶《かな》えましょう!!」

暗闇のなか、溶けるように薄れゆく意識が、大きな声で覚醒する。

「んはっ!?　なにが!?」

慌てて飛び起きる。会社の床に倒れて、思いっきりぶつけた鼻と唇が痛い。

めっちゃ痛い。これ、前歯折れた。絶対折れた。

「……ん？　あれ？　痛くないぞ？」

痛くないどころか、そもそも転げ回る体がなかった。

痛みで顔を押さえたつもりが、その手は存在せず、俺はふわふわとした塊となって宙に浮かんでいた。

「なんだこれ、どうなってるんだ……？」

真っ白な床がどこまでも続いていて、落ちてきそうなほど深い青空が地平の果てまで広がっている。

幻想的で美しい風景だが、俺が過労で倒れたのは会社の小汚いフローリングだったはずだ。

ここはいったいどこなんだろう。

「大神朗太《おおかみろうた》さん」

「はい？」

ふいにどこからか呼びかけられた。

この声はさっき大声を上げた女性だろう。

なんて言ってたっけ。送金するから口座を教えて下さい。とかそういう話だったような。

なるほど、詐欺か。

「ぜんぜん違いますっ」

俺の心の声が聞こえたかのように否定される。

同時に空をくり抜くように光り輝く輪が出現し、その輪の中から誰かが舞い降りてきた。

羽のような光が舞い、ゆっくりと着地する。光の輪は縮まり、その人物の頭の上で固定された。

「はじめまして、大神朗太さん。突然のことで驚いているでしょうが、まずは事情を説明させてください」

微笑《ほほえ》む彼女はゆるふわだった。

髪もゆるふわ、服装もゆるふわ。表情もゆるふわだ。

母性高そうなおねーちゃんだな。バブみを感じる。

「女神ですから。地球の皆さんのお母さんです」

ゆるふわと微笑む女神のおねーちゃん。

くっ、体があったら『ママーっ』と抱きついているところだ。

「はい。いいですよ。ぎゅってしましょうか？」

「あ、いや、ごめんなさい。そんな度胸ありません。……って、女神⁉」

「はい。と言っても、ようやく一つの星の霊魂流動を任せてもらえるようになった低級管理神なんですけどね」

「へー……。なんかイメージしてたのと違う姿ですわー」

白髭《ひげ》をたくわえた仙人みたいな、怖い顔したおじいちゃんを想像してたわー。

「上司の方にはそういった姿を取る方もいましたよ？　なんでも威厳を見せないと人間はすぐ相手を侮ると仰ってました」

すいません、今めっちゃ侮ってました。このゆるふわネーチャン、形の良いおっぱいしてんなとか思ってました。

神様の世界も会社的な縦社会なのか。なんというか、効率的というか世知辛いというか。

あと、さっきから俺の心が読まれているような気がしてならないんだが。

「女神ですから」

読まれてた！　プライバシー侵害ってレベルじゃねえ！

「冗談です。顔に出てますよ。ロウタさんは素直な人なんですね」

顔はないんですが。魂だけになってるみたいなんですが。

「さて、落ち着いているようですので、まずは事情を説明しますね」

「あ、はい」

今までのは俺をリラックスさせる小粋なトークだったようだ。

この現実離れした空間と、神を名乗る女性、そして魂っぽい姿になった俺。

なんとなく、想像はつく。

「大神朗太さん、貴方《あなた》はお亡くなりになりました」

「ああ、やっぱり。そうですよね……」

分かっていたことなので、ショックは思ったより少ない。

やっぱり、俺はあの時に死んだのだ。

死んだことに対して特に未練はない。

家族も遠い親戚がいるだけなので、葬式も俺の貯金でどうにかしてくれるだろう。

スマホとパソコンは、部屋を見てあれこれ察した誰かが破壊してくれることを祈ろう。

察しろ。会社の上司、お前が頼りだ。

友だちいない俺と唯一話してくれるオタクな貴様ならきっと察せるはずだ。

お願い、遺品整理の前にドリルとハンマーで物理的に破壊して。

「そうですね。恥ずかしい情報が出てくる前に破壊してくれるといいですね」

「ほんとにそれ顔に出てるんですか⁉」

本当は心を読んでるんじゃないんですか⁉

「いえいえ、破壊して欲しそうなお顔をしていたので」

破壊して欲しい顔ってなんだよ。というかその顔がないんだってば。

「それでですね。お亡くなりになった貴方には、すぐに輪廻《りんね》転生の輪に乗って欲しいのですが、いまキャンペーン期間中でして」

キャンペーン。俗世じみている。天界が俗世じみているぞ。

「実は近年、輪廻転生を拒む方が多くてですね。このまま死にたくないから生き返らせてくれというのは、昔はよくあった話なんですけど、最近はこのまま消してくれとか、またつらい人生を生き直すのは嫌だと仰られる方が多くて」

あー、分かるわー。俺だってもっかい社畜人生やるとか絶対イヤだわ。

世の中にはもっと不幸な人がいっぱいいる？　希望を持って強く生きろ？

そんなことは知らん！　俺の不幸は俺が決めるんじゃ！

労働は嫌だ！　もう二度と働きたくねえ！

「という方が、非常に多くてですね」

「やっぱり心読んでますよね!?　ねえ!?」

「いいえ、顔に出ているんです」

だから顔ないんだってば。

「そこで、今回のキャンペーンです。この星の現実が嫌なら、別の並行世界で生まれ変わってもらおうという試みです。まだ始まったばかりですが、ここ数年盛り上がりを見せているのですよ」

分かる。分かるぞ。幼き頃よりサブカルチャーに触れていた、この俺には分かる。

異世界転生だ、これ。

「ご理解が早くて助かります」

「やっぱり心を云々《うんぬん》――」

「顔に出ている云々――」

　閑話休題。

「それでは、大神朗太さん。貴方の転生先の望みは、死の間際にお聞きしたとおり、犬でよろしいですか？」

「はい！」

「分かりました。それでは転生の準備を……。……え？　犬？　犬ってその、わんちゃんのことですか？」

「はい！」

犬です！　金持ちの犬です！　ハイカロリーなご飯を与えられて、ブヨブヨに太ってるタイプの駄犬です！

「か、変わっていますね……。人間から他の生物へ変わりたいという希望はよくあるそうですが、どれも人間の近似種が多いそうなのですが」

　エルフとか吸血鬼とかかな。ファンタジーな種族に生まれたいという気持ちは分かるぞ。

　せっかくの異世界転生だからな。美しい容姿やいろいろなチート能力を持って生まれ変わりたいだろう。

「だが、犬で。金持ちの飼い犬で」

だって人間に近い種族ってことは、その先に労働が待っているじゃないですか。あと人間関係の余計なしがらみとか。

もう俺はそういう面倒くさいことにはうんざりしてるんですよ。

なーんにも考えずに日がな一日ゴロゴロして、ご主人様に可愛《かわい》がられまくって、明日の心配で胃が痛くなったりせずに暮らしたい。

その願いを叶《かな》えてくれるなら、どこにだって転生しようじゃないですか。

「そ、そうですか。それがあなたの希望というのなら叶えましょう」

やったぜ。ガッツポ。

「人以外の種ですと魂の形状が異なるので、多少変性させていただきますが、本質的には貴方のままですし、記憶も保持しています。肉体に定着するまですこし不安定かもしれませんが、最終的には記憶と人格を取り戻すことでしょう」

「オッケーです。まったく問題ありません」

過労で死んだと思ったら、とんだラッキーが舞い降りてきたもんだ。

特に良いことのない人生だったが、最後の最後でどんでん返しが待っていた。

女神様ありがとう。俺、幸せな犬になるよ。

「あなたの望みをまとめると、転生先は犬で、飼い主はお金持ちがいい。ということでよろしいですか？」

「はい！」

希望通りだ。むしろそれ以上は何も望まない。

あ、できたら飼い主は可愛い女の子がいいな。

ムサ苦しい成金ハゲデブ親父のペットはちょっと……。

それはそれで甘やかしてくれそうだけどさ。悪党って自分のペットには優しそうじゃん。

「分かりました。それでは体を楽にして、流れに身を任せてください」

「了解です」

俺は来世への希望に胸を膨らませながら、目を閉じる。いや、目はないんだけども。

「万物流転。この者の前世の宿業を解き放ち、次なる生へと転じることを、女神アフロディテの名に於《お》いて命じます」

女神様が両手を広げると、まばゆい光が俺を包んでいく。

ついに来た。俺は人としての前世を捨て、念願の金持ちの犬へと生まれ変わるのだ。

いざ行かん、夢のペットライフへ！

「——ですが、それだけだと少し心配ですね」

「えっ？」

　転生直前になって、女神様がそんなことを言い出した。

「心配って、なにがです？」

「いえ、他の転生希望の方は最強の肉体や能力といったものを得て旅立つのに、貴方にだけ何もなしというのはあまりに不公平だと思いまして。無欲な貴方に、ささやかな特典を差し上げましょう」

「えっ？　あの、女神様……？」

　特典とかいらないですよ？

　このまま普通に金持ちの犬にしてくれればいいんですよ？

「まずですね。ただの犬では、寿命を全うしても一五年ほどしか生きられません。それではあまりに不憫《ふびん》です。寿命を増やしましょう」

　まぁ、それぐらいならありかな。

　ゴロゴロできる日々が長く続くならそれ以上のことはない。

「とりあえず、一〇〇〇年ほど寿命を追加しておきますね」

「えっ？」

　一〇〇〇年⁉　どういうこと⁉　神様の基準がビッグスケールすぎる！

「貴方がこれから転生する世界はモンスターもいる世界なので、危険なこともあるかもしれません。身を守るために、犬に近くて強靱《きょうじん》な生物をピックアップして転生素体にしますね」

「えっ？」

犬に近いって何⁉　俺が転生したいのは犬そのものだよ⁉　犬に似た何かじゃないよ⁉

「あ、この個体、良いですね。魔狼《まろう》族の超級変異種。その名も魔狼王フェンリル。ちょっと体が大きいですけど、犬によく似ていますし、大きさなんて些細《ささい》な問題ですね」

「えっ？」

女神様⁉　分厚い書物なんて召喚してどうしたの⁉　何それカタログ⁉　おすすめの転生先とか載ってるの⁉　あと、大きさはまったく些細な問題じゃないよ！

「魔力も豊富ですし。あ、すごい、生物強度ランキングで一位ですよ。世界が七度滅びても生き残る頑健さです」

「えっ？」

なにそれ強い。じゃなくて！

「そうそう、いざ戦うときになったら、平和な国で暮らしていた貴方《あなた》には戦うのが難しいでしょう。半自動発動の指向性攻撃魔法もインストールしておきますね。その気になれば山の一つくらい一撃で消滅させられます。膨大な魔力を持つこの個体ならきっと使いこなせることでしょう」

「えっ？」

なにそれ怖い。じゃなくて！　だから、そんなものいらないと――

「いえいえ、お礼なんていいんですよ。輪廻転生の流れをスムーズにするのが私の仕事ですので」

そうじゃない！　そうじゃないよ！　ただの金持ちの犬でいいんだよ！

なんでそんな余計な特典いっぱい付けちゃうの⁉

「それでは、良き来世を！」

「人の話を聞けえええええええええええええええええええっ‼」

やめろって顔に出てるだろうがあああああああああああああああああっ‼

†　†　†

「わふっ⁉（んはっ⁉）」

俺はがばりと頭を上げた。

今のは転生する前の記憶だ。夢に見たおかげで記憶がはっきりしてきた。

「くーん（あー……、そうだよ。そうだ。思い出した）」

あのポンコツ女神のせいで、なくてもいい特典をつけられた結果、俺は魔狼王フェンリルとやらになったんだ。

やつのせいで俺のペットライフは滅茶苦茶だ。

女剣士には斬られるし、魔狼たちが馬鹿をやらかさないように抑えなきゃいけないいし、ドラゴンと死闘を演じることになるなんて聞いてない。

「わんわん！（あのポンコツ女神、覚えてろよ……！　次に死んだときは絶対に文句を言ってやる！）」

俺は高い青空に向かって決意を新たに吠《ほ》え立てた。

「ロウタ、どうしたんです？　空に向かって吠えたりして」

読書中だったお嬢様が、本から顔を上げて俺の頰《ほお》をなでてくる。

「くーん（なんでもないんやで。ちょっと女神へクレーム投げつけるつもりなだけやで）」

お嬢様の頰にスリスリすると、くすぐったそうに目を細めた。

中庭の大きな樹《き》の下で休憩中だったのだが、いつの間にか寝てしまっていたらしい。

お嬢様は俺の体を背もたれに、のんびりと読書を再開した。

俺もソファ役が板についてきたもんだぜ。

「わふっ（まぁ、なんだかんだでお嬢様と引き合わせてくれたことには感謝するぜ）」

お嬢様以上の飼い主など存在するだろうか、いやいない。

紛《まぎ》れもなく俺の最高のご主人様だ。

「わおーん！　絶対にだ！（だが、余計なおせっかいでこのフェンリルボディにしたことは絶対に許さんからな！　覚えてろよ、ポンコツ女神ぃぃぃぃぃぃっ!!）」

俺は人の話を聞かない女神へ怒りを乗せて、空高く遠吠えするのだった。

†　†　†

ところ変わって天界。

今日も多重次元の霊魂流動を管理していた女神は、ふと作業を中断する。

「そういえば、朗太さんは今頃どうしているでしょう。犬に転生したいだなんて変わったことを仰る方でしたね」

向こうで困らないように、色々と特典をサービスしておいたけれど、上手《うま》く生活できているだろうか。

心配になった女神は、少し様子を覗《のぞ》いてみることにした。

女神が手をかざすと、白い床に穴が空く。

そこには大きな樹の下で寄り添う、少女と犬が映っていた。

犬は犬と呼ぶにはあまりに大きく、そして凶悪な顔つきをしているが、女神にとっては瑣末《さまつ》な問題だ。

一人と一匹はとても幸せそうに見えた。

犬は天界から見下ろされていることに気づいたかのように、こちらを見上げ、けたたましく吠え始めた。

女神はその様子を見て、ゆるふわと微笑む。

「ふふ、あんなに喜んでくれて、私も嬉《うれ》しいです。第二の人生、いえ、犬生かしら？　楽しんでくださいね、朗太さん」

犬の吠えっぷりは怒り心頭といった様子だったが、女神にはお礼を言っているように見えるらしい。

犬の怒りは女神に届くことはなく、そんなに褒《ほ》め称《たた》えなくてもいいんですよ。恥ずかしいじゃないですかと照れるばかりだった。

あとがき

初めましての方は、初めまして。

私の処女作『蒼穹《そうきゅう》のアルトシエル』からご存知《ぞんじ》の方は、おはこんばんにちわん。

それより前からの方はおそらく知り合いと思われるので、よく来たな！　ゆっくりしていってくれ！　なんか食うか？　ガハハ！（ジェイムズのおっさん風に）

改めまして、このたびは本作をお手にとっていただき、誠にありがとうございます。

本作は小説投稿サイト『カクヨム』と『小説家になろう』に投稿していたＷＥＢ作品を加筆修正して書籍化したものです。

投稿にあたって『小説の基本は自分の願望をさらけ出すことだよ』という先輩諸兄のありがたいお言葉にあやかって、気楽に書き殴っては公開していたのですが、あれよあれよという間に皆様のご声援をいただき、こうして新作を出させて頂くことになりました。当方、喜びで満ち溢《あふ》れています。

もちろん忙しさも倍増です。休みくれ。

デビュー四ヶ月でもう三冊目ってなんだ。休みくれ。

予定の詰め方が殺人的だぞ。休みくれ。

そんな休みが欲しい気持ちを、担当編集者様ではなく小説へいっぱいにぶつけたのが、本作『ワンワン物語　～金持ちの犬にしてとは言ったが、フェンリルにしろとは言ってねえ！～』になります。

休日出勤。サービス残業。始発で出勤。間に合わぬ終電。そんな日々の労働で疲れた心を、可愛《かわい》い動物をモフモフして癒やしたい。いやむしろもうモフモフされる側になりたい。可愛いお嬢様に優しくされて、美味《おい》しいご飯を食べては好きなだけゴロゴロ昼寝して、将来の心配なんて何もせずに、毎日のんべんだらりと甘やかされて暮らしたい。

そんな願望を持っている貴方《あなた》、握手しましょう、握手。一緒にロウタになりましょう。


それでは最後にお世話になった関係者の皆々様への謝辞を。

まずはWEB版から読んでくださっている読者の皆様！

たくさんの感想や評価に支えられ、こうして無事に書籍化することが出来ました。ありがとうございます！　WEB版もまだまだ続きますので、楽しみにしていてくださいね！

三冊目となるワンワン物語も担当してくださった、担当編集のKさん！

発破をかけられないと動き出さない駄目作家を、予定をこまめに決めることで締め切りをなんとか守れるようにしてくださって本当に助かっています！　でも、あの、ほんのちょっとだけ手心を加えてくれても、いいんじゃよ？

鮮やかなイラストで本作を華やかに彩ってくださった、こちもさん！　格好《かっこ》いいのにモフモフなフェンリル。優しげだけど元気いっぱいのお嬢様。ポンコツ騎士にエロフ魔女。他にも様々なキャラクターを素晴らしいデザインで誕生させてくださり、ありがとうございます！　イラストを見るたびにニヘラと顔が緩んでしまいます！

それから、勘だけで書いていた私にストーリーやキャラクター構築における言語化がいかに大事かということを教えてくださった、絵師であり作家でもある47AgDragon《しるどら》先生。

その他、編集部の皆さん、デザイナーさん、校閲さん、営業さん、書店員さん。大勢の方に支えられ、こうして発刊することが出来ました。

本当にありがとうございます！

そしてもちろん、今この本を手に取ってくださっている貴方へ、最大の感謝を！

駆け足となりましたが、このあたりで失礼させていただきます。

続刊でお会いできることを祈っております！　ではではー！

二〇一七年九月　犬魔人《いぬまじん》　拝

ワンワン物語《ものがたり》
～金《かね》持ちの犬《いぬ》にしてとは言《い》ったが、フェンリルにしろとは言《い》ってねえ！～

著　犬魔人《いぬまじん》

角川スニーカー文庫　20620

2017年11月1日　初版発行

発行者　三坂泰二

発　行　株式会社KADOKAWA
〒102-8177 東京都千代田区富士見2-13-3
電話　0570-002-301（ナビダイヤル）

印刷所　株式会社暁印刷
製本所　株式会社ビルディング・ブックセンター

※本書の無断複製（コピー、スキャン、デジタル化等）並びに無断複製物の譲渡および配信は、著作権法上での例外を除き禁じられています。また、本書を代行業者などの第三者に依頼して複製する行為は、たとえ個人や家庭内での利用であっても一切認められておりません。

※定価はカバーに表示してあります。

KADOKAWA　カスタマーサポート
[電話] 0570-002-301（土日祝日を除く10時～17時）
[WEB] http://www.kadokawa.co.jp/（「お問い合わせ」へお進みください）
※製造不良品につきましては上記窓口にて承ります。
※記述・収録内容を超えるご質問にはお答えできない場合があります。
※サポートは日本国内に限らせていただきます。

©2017 Inumajin, Kochimo

Printed in Japan　ISBN 978-4-04-106273-9　C0193

★ご意見、ご感想をお送りください★
〒102-8078 東京都千代田区富士見 1-8-19
株式会社KADOKAWA　角川スニーカー文庫編集部気付
「犬魔人」先生
「こちも」先生

[スニーカー文庫公式サイト] ザ・スニーカーWEB　http://sneakerbunko.jp/

角川文庫発刊に際して

角川源義

第二次世界大戦の敗北は、軍事力の敗北であった以上に、私たちの若い文化力の敗退であった。私たちの文化が戦争に対して如何に無力であり、単なるあだ花に過ぎなかったかを、私たちは身を以て体験し痛感した。西洋近代文化の摂取にとって、明治以後八十年の歳月は決して短かすぎたとは言えない。にもかかわらず、近代文化の伝統を確立し、自由な批判と柔軟な良識に富む文化層として自らを形成することに私たちは失敗して来た。そしてこれは、各層への文化の普及滲透を任務とする出版人の責任でもあった。

一九四五年以来、私たちは再び振出しに戻り、第一歩から踏み出すことを余儀なくされた。これは大きな不幸ではあるが、反面、これまでの混沌・未熟・歪曲の中にあった我が国の文化に秩序と確たる基礎を齎らすためには絶好の機会でもある。角川書店は、このような祖国の文化的危機にあたり、微力をも顧みず再建の礎石たるべき抱負と決意とをもって出発したが、ここに創立以来の念願を果すべく角川文庫を発刊する。これまで刊行されたあらゆる全集叢書文庫類の長所と短所とを検討し、古今東西の不朽の典籍を、良心的編集のもとに、廉価に、そして書架にふさわしい美本として、多くのひとびとに提供しようとする。しかし私たちは徒らに百科全書的な知識のジレッタントを作ることを目的とせず、あくまで祖国の文化に秩序と再建への道を示し、この文庫を角川書店の栄ある事業として、今後永久に継続発展せしめ、学芸と教養との殿堂として大成せんことを期したい。多くの読書子の愛情ある忠言と支持とによって、この希望と抱負とを完遂せしめられんことを願う。

一九四九年五月三日